www.tredition.de

AF185974

Chris B. Weilenmann

Der Moralist

www.tredition.de

© 2015 Chris B. Weilenmann

Verlag: tredition GmbH, Hamburg

ISBN
Paperback: 978-3-7323-7486-1
Hardcover: 978-3-7323-7487-8
e-Book: 978-3-7323-7532-5

Printed in Germany

Der Moralist

von Chris B. Weilenmann

Vorwort

Das ist keine philosophische Abhandlung. Und das hat auch nichts zu tun mit den „Moralisten" aus Literatur und Philosophie.

Das hat nur zu tun mit einem Menschen, der *moralisch* ist. Moralisch im Sinne der für unsere Gesellschaft geltenden ethischen Werte, der guten Sitte.

Das ist unser nachstehend beschriebener Moralist, der Hans. Ein moralischer Mensch. Zumindest versteht er selbst sich so. Oder verstand.

Hans

Hans hiess Hans. Wie man eben Hans hiess zu seiner Zeit.

Hans kommt vom Hebräischen. Von Johannes.

Da ergibt sich ein Bezug zu etwas Besonderem, Biblischem.

Zu *Johannes der Täufer* etwa. Ein Heiliger für viele. Ein Heiliger auch für die Römisch-Katholische Kirche, die den 24. Juni, des Johannes' Geburtstag, genannt Johannistag, als Hochfest begeht.

Nebst seiner Heiligkeit allerdings auch sein fürchterliches Ende. Als Reduktion auf den Kopf auf einem Tablett der Salome, der Tochter des Herodes' Frau Herodias, serviert.

Oder zum Apostel und *Evangelisten Johannes*, der das vierte Buch des Neuen Testaments geschrieben hat.

Dass Hans moralisch hochstehende Vorgänger in der Weltgeschichte hatte, war ihm schon sehr früh bewusst.

Dies, sowie die guten Sitten, wurden ihm in einem strengen, von tiefer Gläubigkeit und Demut durchdrungenen Elternhaus beigebracht.

Dem Geist des Hauses tat kein Abbruch, wenn sonntags der Grossvater bereits zum Mittagessen in bedenklich alkoholisiertem Zustand erschien. Welcher Zustand dann im Verlaufe der frühen Nachmittagsstunden in einen ausgewachsenen Rausch und wüster Beschimpfung der längst unter der Erde liegenden Berta, was seine Ehefrau gewesen war, ausartete.

„Das müssen wir demütig und in christlicher Nächstenliebe ertragen", sagte dann etwa der Vater beim Nachtessen. „Der Grossvater hatte es schwer im Leben und sein Geist ist nicht von unserer Welt."

Und die Mutter nickte dazu mit ernster Miene und wollte wissen, was denn „unsere Welt" sei.

Worauf der Vater die Stirn gefährlich runzelte und sie anwies, gescheiter den Kaffee zu servieren als solch einen Blödsinn zu fragen.

Das also war klein Hans Elternhaus. Durchdrungen von bereits erwähnter Gläubigkeit und christlichem Geiste.

Dass Hans zuweilen auch noch in Verbindung gebracht wurde mit *Hansdampf im Schnäggeloch* oder mit *Hans-guck-in-die-Luft* oder mit *Hanswurst*, beschäftigte und quälte ihn.

Wenn einer ihn hingegen *Hansdampf in allen Gassen* nannte, fühlte er sich fast ein kleines bisschen geehrt. Entsprach er doch in Realität einem solchen *Hansdampf* nach gängiger Auffassung in keiner Weise.

Nichtsdestoweniger ermutigte Hans solcherlei Benennung zu ausserordentlichen und moralisch hochstehenden Taten. Wie etwa eines schönen Sommertages zur heldenhaften Rettung eines beim Freilichtschachspiel unter lauschiger Blätterkrone neben dem Grossmünster in die Bredouille geratenen Rentners.

Besagter beziehungsweise dessen König wurde bedrängt von Turm und Läufer. Und das Pferd stand auch schon in bedrohlicher Position. Dieser unhaltbare und erniedrigende Zustand bewog Hans zu einem kräftigen Tritt in die Figuren und anschliessender Forderung von angemessenem Schadenersatz an die Adresse des Gegners und Feindes zugunsten des verblüfften Rentners.

Der anfänglich ebenso verblüffte und nun vielmehr zornige Feind in Person eines rüstigen Fünfzigers packte Hans am Kragen und sagte, er habe wohl eine Meise. Und forderte Hans zu sofortiger Herausgabe seines Portemonnaies auf. Andernfalls er ihm den König in den Hals stecken werde.

Hans gab sein Portemonnaie her und verliess den Ort des fürchterlichen Geschehens. Nicht durch alle, aber durch die Gassen des Niederdorfs.

Über die Rettungsaktion berichtete Hans beim Nachtessen dem Vater.

«Spiele sind unmoralisch. Der Herrgott hat uns die Zeit nicht zum Spielen gegeben. In der Bibel sollen wir lesen. Und uns im Gebet üben. Konzentriert. Nicht wie die Mutter beim Kartoffelschälen sich in den Finger schneiden. Nein. Konzentriert. Die Gedanken bei der Sache. Nicht das Messer im Finger.»

Das Weib

Im Allgemeinen und zumeist auch Besonderen herrschte im Schulunterricht Sitte und Ordnung. Dafür sorgte der gestrenge Herr Lehrer Schweinhuber. Ein Mann mit deutschen Vorfahren aus Kaisers Zeiten. So liess er die Schülerinnen und Schüler wissen.

Wobei er sich vorzüglich an die männliche Nachkommenschaft, heisst an die Schüler zu wenden pflegte.

Denn, die weibliche Vertretung unter den Erdbewohnern sei ein notwendiges Übel zwecks Erhaltung der Spezies Mensch. Dem geistigen und moralischen Fortkommen eben dieser Spezies nicht förderlich, da ohne Verstand. Und aus ebendiesem Grunde sei der Mann als der weitaus edlere Teil der Schöpfung zu betrachten und zu respektieren. Welche Tatsache sowie die damit verbundene Pflicht dem Manne gegenüber den Weibsbildern leider seit geraumer Zeit abhanden gekommen zu sein scheine. Zu vergessen scheine das weibliche Geschlecht auch die Tatsache, dass das Weib dem Manne untertan sei. So stehe es schon in der Bibel und so sei es immer gewesen und so wolle man es auch weiterhin halten.

Tief beeindruckt von solcherlei Rede pflegte Hans jeweils beim Mittags- oder auch Abendtisch sein neu erworbenes Wissen zum Besten zu geben.

So auch nach Erwerb dieses neuen Wissens über die Geschlechter unter den Menschen.

«Ist die Mutter dir auch untertan?», fragte er den Vater, als die Mutter zwecks weiterer Speisenbeschaffung nach genossener Suppe gerade in der Küche war.

«Selbstverständlich, mein Sohn. Aber wie bloss, kommst du auf diese Frage?»

«Der Herr Schweinhuber hat das heute in der Schule gesagt. Aber, mein Vater, was heisst *untertan*?»

«Untertan heisst: der Mann ist Herr und Gebieter über sein Weib, was seine Frau ist. Er bestimmt und befiehlt, weil er Geist und Kraft hat. Und das Weib, was die Frau ist, gehorcht und ist ruhig und tut ihre Pflicht in Haus und Garten, weil sie dumm und schwach ist.»

«Aber wir haben ja gar keinen Garten.»

«Ja ja, das kommt halt von früher. Oder von den Reichen. Oder von den Bauern. Da haben die Weiber ihren Garten. Vor oder hinter dem Haus. Besser hinter dem Haus. Da kommt keiner in Versuchung, der vor dem Haus vorbeigeht.»

Hans kannte nur die Versuchung nach Süssigkeiten und fremden Dingen im Abendgebet. „Und führe uns nicht in Versuchung". So hatte es ihm die Mutter beigebracht.

Nun wollte er wissen, welche Versuchung der Vater meine, wenn einer vor dem Haus vorbeigehe und die Mutter im Garten arbeite.

«Ja, das ist so eine Sache, weisst du. Die Sache ist eben die... Du verstehst, was ich meine?»

Hans verstand und nickte heftig, damit der Vater weiterfahre.

«Ja, eben. Wie ich gesagt habe, die Sache ist die.... Eigentlich geht dich das einen feuchten Dreck an.»

Hans erschrak zutiefst und wurde rot im Gesicht.

Und die Mutter, mit dampfenden Bohnen, Speck und Salzkartoffeln im Anmarsch, liess vor Schreck beinahe die Platte fallen.

Was Hans denn wieder Furchtbares angestellt habe, dass der Vater so böse habe werden müssen?

Das gehe sie genauso wenig an, knurrte der Vater. Und griff sich eine Tranche Speck von der Platte.

«Ich habe nur gefragt, welche Versuchung der Mann hat.»

«Welcher Mann denn?»

«Der Mann, der am Garten vor dem Haus vorbeigeht, wenn die Mutter im Garten arbeitet.»

«Über so etwas spricht man nicht. Iss jetzt lieber deine Bohnen. Der Speck ist für den Vater. Der muss den ganzen Tag arbeiten und hat Hunger.»

Vom Vater bekam Hans dann doch noch eine Tranche Speck mit einem grossen Knorpel drin. Auf dem Knorpel solle Hans nur kräftig kauen. Das sei gesund für die Knochen und das Hirn.

Aber, welche Versuchung der Mann vor dem Garten hatte, wusste Hans nicht.

So hob Hans am Nachmittag zu Beginn der ersten Schulstunde gleich die Hand. Er habe eine wichtige Frage. Ob der Herr Lehrer Schweinhuber ihm Stellung derselben gestatten würde?

Der Herr Lehrer Schweinhuber setzte sich gemütlich auf den Stuhl hinter dem Pult und faltete die Hände über der bauchseitig beträchtlichen Wölbung.

«So soll er denn loslegen mit seiner wichtigen Frage, der Hans. Und die anderen sollen die Klappe halten und ruhig sitzen.»

«Welche Versuchung hat der Mann, der vor dem Haus am Garten vorbeigeht, wenn die Mutter im Garten arbeitet?»

Gelächter.

«Ruhe! Habe ich gesagt. - Hat deine Mutter überhaupt einen Garten?»

«Nein.»

»Dann frag nicht so einen Blödsinn.»

Gelächter.

«Ruhe! - Immerhin ist dazu zu sagen: Hurenböcke und andere üble Gesellen mit wüsten Gedanken im Kopf sind keine rechten Männer. Die sind noch viel schlimmer als die Weiber. Hurer und Unreine kommen nicht in den Himmel. So steht es in der Bibel.»

Gelächter.

«Ruhe! Und wenn deine Mutter keinen Garten hat, sei froh. Dann muss sich dein Vater über solche Dinge nicht ärgern. Und damit ist die Frage beantwortet.»

Hans wusste nicht mehr als vorher. Und das Gelächter der Klassenkameraden verstand er auch nicht.

Nach Klärung strebte sein Verlangen, als Hans nach der Schule auf dem Heimweg seinen Gedanken nachhing und beinahe auf einen schwarzen Käfer trat. In letzter Sekunde durch Geistesgegenwart und sportlichen Sprung vor solch ruchloser Tat an einem Gottesgeschöpf bewahrt, begann Hans fröhlich zu hüpfen. So fröhlich, dass der Nachbarsbub Kurt den Hans fragte, ob es ihm ins Gehirn geschiffet habe. Und dabei mit seinem Zeigefinger an die Schläfe tippte.

«Ich habe gerade ein Tierlein gerettet. Ist das nicht schön?»

«Ja. So schön, wie du blöd.»

Das verstand Hans nun nicht. Weshalb er denn zuhause die Mutter gleich fragte, ob es blöd sei, ein Tierlein zu retten.

«Bestimmt nicht. Was für ein Tierlein war es denn?»

«Ein Käfer. Ein schwarzer grosser Käfer.»

Die Mutter wurde bleich.

«Und, wo ist der Käfer jetzt?»

«Auf dem Tschümperli-Weg.»

Die Mutter atmete tief durch und hiess Hans die Hände waschen.

Und, alle Tiere müsse man achten. Sie seien Geschöpfe des Herrgotts. Genauso wie die Menschen. Streng schaute die Mutter Hans an.

Später. Bei Tisch.

«Was ist ein Hurenbock?»

Der Mutter fiel die Gabel aus der Hand und mit Geräusch auf den Teller. Der Vater schaute böse. So böse, dass Hans keine weitere Fragestellung wagte und auf die Antwort kleinlaut verzichtete.

Nach dem Abendessen, als der Vater zum Stamm in die *Rose* gegangen und folglich aus dem Hause war, schlich sich Hans leise ins Lesezimmer.

Obwohl man keinen Garten hatte, hatte man ein Lesezimmer. Zur Bildung zu Tugend und Sittlichkeit, wusste er vom Vater. Zur Blödheit und Einbildung, vom Grossvater.

Dort schlug er im Duden *Hurenbock* nach. Hinter *Hurenbock* stand „Schimpfwort".

Aha, dachte Hans. Wenn ihm einer, wie der Kurt heute, blöd kommen sollte, werde er ihm in Zukunft *Hurenbock* sagen.

Er las noch weiter. Unter *Hure* las er „huren". Unter *Hurensohn* ebenfalls „Schimpfwort".

Also, *Hurensohn* konnte man auch noch sagen, wenn man böse war.

Und was *huren* bedeutete, wusste er nicht.

Und unter *Hurenkind* las er „Einzelzeile am Anfang einer neuen Seite oder Spalte".

Und *Huri* sei ein „schönes Mädchen im Paradies des Islams".

Hans war so schlau wie zuvor.

Abgesehen von den vielleicht nützlichen Schimpfwörtern interessierte ihn allenfalls und naturgemäss das schöne Mädchen.

Also fragte Hans den Vater, als der mit der üblich säuerlichen Ausdünstung vom Wirtshaus zurückkam, was das Paradies des Islams sei.

«Wie kommst du denn nun wieder auf das?»

«Ich habe es gelesen. Im Duden, unter *Huri*.»

«Du würdest besser die Bibel lesen. Oder ein gutes Buch. Islam, das sind die, die dort leben, wo die Juden leben. Die anderen eben, nicht die Juden.»

Was die Juden waren, wusste Hans schon. Und dass die nicht ins Paradies kommen würden, wusste er auch. Weil die nämlich schon ein Paradies gehabt hatten. Aber der Adam war so verfressen, dass er den Apfel aufgefressen hat. Und dann hatten sie halt kein Paradies mehr. Genauso hatte ihm das der Vater erzählt.

«Haben die Islam ein Paradies?»

«Das sind nicht Islam, das sind Muslime. Islam ist der Glaube, Muslim der Gläubige.»

«Und, haben die ein schönes Mädchen im Paradies?»

«Das weiss ich doch nicht. Jetzt mach deine Hausaufgaben oder geh ins Bett. Und kümmere dich um die Bibel und den Herrgott und den Herrn Jesus. Das ist unser Glaube. Das andere geht uns nichts an. Und jetzt will ich meine Zeitung lesen und Ruhe haben.»

Ja, er solle jetzt den Vater in Ruhe lassen, flüsterte ihm die Mutter zu. Der Vater arbeite den ganzen Tag streng und brauche seine Ruhe.

Hurensohn, dachte Hans.

«Kennst du *Huri*, Mutter?»

«Nein. Ich kenne *Huri* nicht.»

Hans ging ins Bett und träumte von *Huri*. Sie schwebte durchs Fenster in sein Zimmer und setzte sich auf sein Bett. Sie war schön. Sie lächelte und küsste ihn auf die Stirn und schwebte wieder aus dem Zimmer.

Und Hans träumte weiter, wie er seinem Vater *Hurenbock* sagte, als er Speck mit Knorpel essen musste.

Junger Mann

Hans wurde älter und übte sich täglich im sittlichen Leben.

Moral, hatte der Pfarrer im Konfirmationsunterricht gesagt, sei die gute Sitte, die Stütze der Gesellschaft. Ohne Moral keine Gesellschaft. Ohne Gesellschaft kein Staat. Ohne Staat keine Ordnung. Ohne Ordnung nur noch Wilde. Und Wilde habe der Herrgott unter den Menschen nicht vorgesehen. Die lebten im Urwald. Oder auf den Inseln der Südsee. Zwar habe der Herrgott die auch erschaffen. Wahrscheinlich nach Feierabend. Denen müsse man noch beibringen, was Sittlichkeit und Ordnung sei.

Dergestalt unterrichtet und von geduldiger Hand von Vater und Mutter in die guten Sitten und die täglichen Gebete eingeführt, wuchs Hans zum jungen Mann heran.

Hans traf die junge Dame der Kontaktannonce aus der Wochenendausgabe einer Zürcher Tageszeitung zum ersten Kennenlernen in einem Café.

Ohne Umschweife stellte er sich vor. Ein moralischer Mann sei er. Und, ohne Moral sei die Welt vom Untergang bedroht. Weshalb er höchsten Wert auf anständige Umgangsformen und sittlichen Lebenswandel lege.

Er solle mit seinen Umgangsformen und dem sittlichen Lebenswandel mit einer anderen glücklich werden, wünschte ihm die junge Dame. Und verliess den Ort des Geschehens grusslos. Ohne ihren Kaffee zu bezahlen.

Das war Hans erster Kontakt auf der Suche nach einem Weibe zwecks Gründung von Hausstand und Familie. Und das entsprach so ganz und gar nicht dem Bild von den Weibern, das er im züchtigen Elternhaus auf den Lebensweg mitbekommen hatte.

Dass sie ihren Kaffee nicht bezahlt hatte, hätte er noch verkraften können. Obwohl er gerade seinen Lehrabschluss als Kaufmann bei der kantonalen Verwaltung hinter sich und noch keine feste Anstellung und damit auch kein Einkommen gefunden hatte. Aber dass sie ganz offensichtlich nicht oder zumindest *noch* nicht begriffen hatte, wo ihr Platz als Weibsbild sei und wie sie sich zu benehmen habe, stimmte ihn nachdenklich.

Eine Frechheit sondergleichen sei das, kommentierte der Vater das Geschehen. Der gehöre der Hintern versohlt, und zwar mit dem Gürtel.

So grob müsse man ja jetzt auch nicht gleich werden. Das Fräulein sei halt noch jung und unerfahren und müsse noch lernen, wie es sich zu benehmen habe.

Die Mutter sprach es mit leiser Stimme.

«Klappe halten und nur reden, wenn du gefragt wirst.»

Der Vater mit harter Stimme.

Und Hans wurde einmal mehr bewusst, wie dumm eben die Frauen waren. Und wie gescheit und stark die Männer.

Aber seine Mutter liebte er. Auch wenn sie dumm war.

Und ihr allein vertraute er sein Geheimnis deshalb auch an. Er habe nämlich dem Fräulein schon ein Brieflein geschrieben. Ob es ihn nicht noch einmal sehen wolle. Man könne das ja dann alles noch einmal besprechen. Er sei vielleicht etwas vorlaut gewesen. Das sehe er ein. Und er werde sich sicher bessern. Wenn ihm das Fräulein doch nur noch einmal Gelegenheit zur Erklärung eines tugendhaften Lebens geben möchte. So, wie er sich das eben vorstelle. Und das Fräulein könne ja dann auch sagen, wie es sich das vorstelle. Und dann würde man sicher einen gemeinsamen Weg finden. Das Fräulein habe ihm nämlich sehr gefallen. Er könne sich das Fräulein gut als Mutter seiner Kinder vorstellen.

Das Fräulein antwortete nicht auf das Brieflein.

Und so konzentrierte sich Hans vorerst einmal auf die bevorstehende Rekrutenschule.

Militär

Der Militärdienst war für Hans keine beglückende Vorstellung. Aber, wie alles im Leben, mussten ja auch das Militär und die Pflicht zum Dienst guten Grund haben. So schickte er sich ohne Mucksen in sein Schicksal und stellte sich tapfer der wichtigen Aufgabe.

Hans empfand es als unmoralisch, einen anderen Menschen mit einer Schusswaffe - mit was denn sonst? - zu erschiessen. Das brachte er bei jeder sich bietenden Gelegenheit in vorwurfsvoller Manier zum Ausdruck. So wurde er eines Tages vor dem Frühturnen vor den Schulkommandanten zitiert.

Es sei keine Art, wie sich der Rekrut Müller – so hiess Hans mit Nachnamen – hier benehme. Und es schade seine undisziplinierte und aufwieglerische Aufführung der Truppenmoral. Er, der ein Herr Oberst war, verstehe nicht, dass ein junger gesunder Mann sich derart ungehörig verhalte und gegen den Wehrwillen stelle. Schämen solle er sich, schämen. Jawohl. Er erwarte sofortige Besserung und Unterlassung solch schändlicher Rede. Ob der Rekrut Müller das verstanden habe?

Ja. Rekrut Müller hatte das verstanden und nickte dazu. Unfähig, auch nur ein Wort zu sagen. Was ihm auch nicht zustand.

«Stillgestanden! Und ab!»

Hans meldete sich gehorsamst ab und begab sich schweren Herzens und noch viel schwereren Kopfs zum Kantonnement.

Truppen*moral*. Das Wort enthielt auch das Wort *Moral*. Ob die Truppenmoral über dem stehe, was ihn der Vater und die Mutter während vieler Jahre gelehrt hätten? Keinesfalls wollte er sich unmoralisch benehmen.

Was war sie denn, die Truppenmoral? Etwas sehr wichtiges musste sie sein. So böse, wie der Herr Oberst geworden war. So böse hatte Hans sogar den Vater nie erlebt. Auch nicht, wenn die Mutter ungefragt geredet hatte.

«Rekrut Müller! Hierher!» Das war der Herr Leutnant.

Aus den Gedanken gerissen, rannte Hans die zwanzig Meter zum Zugführer. So gut er eben rennen konnte.

«Was träumen Sie in der Welt herum?! Wissen Sie nicht, dass Ihre Kameraden sich für die Schiessübung richten?»

«Nein, Herr Leutnant. Aber zum Schiessen ist mir gerade sowieso nicht zumute. Darüber muss ich erst einmal nachdenken.»

Was denn das nun solle? Ob der Rekrut Müller denn nicht wisse, dass sein Fortkommen im Dienst an einem seidenen Faden hange? Und wenn der dann gerissen sei, könne er zusammenpacken und Zivildienst leisten. Oder Militärpflichtersatz bezahlen. Und, wenn es denn ganz übel komme, auch noch ins Gefängnis wandern. Er solle jetzt mit diesem Blödsinn aufhören und sich so benehmen, wie sich ein anständiger Schweizer Rekrut benehme. Er meine es ja nur gut mit ihm.

Und überhaupt, so viel dürfte er ja mit ihm gar nicht reden. Das dürfe er ja gar niemandem sagen. Daran, was dann passieren würde, dürfe er ja gar nicht denken.

«So, und jetzt klemmen Sie den Arsch zusammen und machen Sie sich für die Schiessübung bereit. Aber ein bisschen dalli! Und das ist ein Befehl!»

Ein Befehl war das. Ein Befehl, den Arsch zusammenzuklemmen. Und an das, was er soeben gehört hatte, durfte Hans ja auch gar nicht denken. Ins Gefängnis wandern. Fast zitterten ihm die Knie. Kein moralischer Mensch kam ins Gefängnis. Unumstössliche Logik.

Also musste er sich bessern, sich ändern. Sich eben moralisch benehmen. Wie es sich für einen Schweizer Rekruten gehörte.

Und was war mit dem Schiessen? Einfach nicht mehr daran denken? Einfach schiessen, wenn Schiessen befohlen wurde? Auch auf andere Menschen?

Dieser Gedanke liess ihn nicht mehr los.

Ob Schiessen moralisch sei, fragte Hans den Vater im nächsten Urlaub am Sonntagmittagstisch. Nur, wenn der Herr Leutnant es befehle, verstehe sich.

Der Grossvater kam dem Vater zuvor.

«Saublöde Frage. Wenn du nicht schiesst, schiesst eben der andere. Der schiesst dich dann ganz unmoralisch tot. Du Idiot. Da hast du dann viel von deiner Moral. Ein toter Moralischer bist du dann. Was ist das überhaupt für ein Unsinn, Moral im Militär?»

Zwar schon reichlich alkoholisiert, gleichwohl allem Anschein nach noch klaren Sinnes. Der Grossvater regte sich dermassen auf, dass sein Gesicht noch röter wurde als es sonst war.

Der Vater: in diese Dinge habe der Grossvater sich nicht einzumischen. Trunkenbolde und Taugenichtse sollten sich gefälligst aus solch hochstehenden Gesprächen heraushalten.

«Die Weiber übrigens auch.»

Gerichtet an die Mutter, die soeben das Esszimmer betreten hatte.

«Aus was soll ich mich denn raushalten?»

«Ruhe!»

Nun war der Vater böse.

«Wenn einer ins Militär einrückt, dann ist er eben im Militär. Da gelten andere Regeln als im zivilen Leben. Und an diese Regeln hat sich auch ein moralischer Mensch zu halten. Da stellt sich nicht die Frage, was nun für ihn moralisch sei oder nicht. Da stellt sich vielmehr die Frage, ob es moralisch sei, einen Befehl nicht zu befolgen. Und ich sage, dass es moralisch ist, im Militär einen Befehl zu befolgen. Und wenn es moralisch ist, einen Befehl zu befolgen, dann ist es auch moralisch, auf Befehl einen über den Haufen zu schiessen. Denn, einen Befehl zu befolgen ist Pflicht. Und Pflichteinhaltung ist Moral. Wo kämen wir denn da hin, wenn jeder vor dem Schiessen zuerst überlegen würde, ob das nun moralisch sei oder unmoralisch, wenn der andere zuerst ein Loch im Kopf hat? Der überlegt sich ja auch nicht, ob ich ein Loch im Kopf habe. Dann ist mir doch lieber, der andere hat zuerst ein Loch im Kopf.»

Hans kleine Weltordnung geriet durcheinander.

«Aber der Herr Jesus hat doch gesagt, wenn einer dich auf die Backe haut, dann halte ihm die andere hin.»

«Und, wenn einer dir den Kopf abschiesst, willst du ihm den anderen hinhalten?»

Das schien tatsächlich schwierig. Die Logik überzeugte. Also begann Hans zu begreifen, dass im Militär eine andere Moral gelten musste.

Frohgemut rückte Hans nach dem Urlaub wieder ein.

Schiessen sei eine notwendige Sache. Eine moralische Pflicht im Militär. Das habe mit Disziplin und Ordnung zu tun. Und Ordnung müsse sein. Und wenn dann einer auf ihn schiessen wollen sollte, werde er schon zusehen, dass der zuerst ein Loch im Kopf habe.

Die Kameraden griffen sich an den Kopf und machten hinter Hans Rücken Grimassen.

Und der Herr Leutnant hatte künftig seine helle Freude am Rekruten Müller.

Arbeit

Hans hatte die Rekrutenschule absolviert und sich im zivilen Leben eingerichtet. Er hatte sich eine Anstellung gesucht. Bei einer Grossbank. Als Schalterbeamter vorerst.

Der Vater freute sich.

Die Mutter weniger. Diese Bankherren rennten nur dem schnöden Mammon nach. Kein Anstand, keine Moral hätten die. Hans solle lieber beim Sozialamt arbeiten. Da wisse er am Abend, dass er etwas Gutes an den Menschen getan habe.

«Und du tu gefälligst etwas Gutes an den Menschen hier drin und bring endlich etwas zu Essen. Und überhaupt sollst du nur reden, wenn du gefragt wirst. Von diesen Dingen verstehst du sowieso nichts.»

«Vielleicht hat die Mutter recht. Vielleicht sollte ich nicht dort arbeiten, wo sie dem Geld nachrennen. Das ist vielleicht nicht so moralisch.»

«Moralisch, nicht moralisch. Was soll das? Moralisch ist, wenn einer selber für sich sorgen kann. Wenn er fleissig arbeitet und zusieht, dass abends in der Schalterkasse kein Geld fehlt. Und unmoralisch ist, wenn einer zu faul zum Arbeiten ist und auf das Sozialamt marschiert und Geld verlangt. Und denen wirft man es dann aus dem Fenster nach. Die denken überhaupt nicht mehr ans Arbeiten. D a s ist unmoralisch.»

Da hatte der Vater wohl recht. Jeder solle seinen Beitrag leisten in einer Gesellschaft, in der Ordnung und Moral herrschen soll. Dachte Hans. Und dazu gehöre auch die Arbeit. Das leuchtete ein.

Also ging Hans am nächsten Tag wieder zur Arbeit. Denn, was er machte, war moralisch.

Zweifel blieben dennoch.

Ob Geld moralisch sei, fragte er eine Kollegin beim Mittagessen in der Kantine.

Gelächter am Tisch.

«Was haben Sie denn für ein Problem?»

«Ja, wissen Sie, ich mache mir da so meine Gedanken. Zu dem Geld, meine ich.»

Wieder Gelächter.

«Zu dem Geld, meint er.»

Ein Herr Kollege hatte sich eingemischt.

«Einer vom Devisenhandel», sagte die Kollegin vom Tisch zu Hans.

«Ja, zu dem Geld.»

Hans blieb hartnäckig.

Dass man sich auch wehren dürfe, sich nicht alles bieten lassen müsse, hatte ihm die Mutter beigebracht. Die Mutter, die sich zwar selber nie wehrte, wenn der Vater sagte, sie solle die Klappe halten, wenn sie nicht gefragt sei. Und ihre Arbeit verrichten. Und sich nicht in Dinge einmischen, von denen sie nichts verstehe. Weil sie dazu zu dumm sei.

Aber Hans verstand etwas von den Dingen. Meinte er zumindest.

«Jawohl. Ich denke nach über das Geld. Wir bauen ja hier keine Kartoffeln an. Wir bauen auch keine Schlafzimmerschränke oder Betten. Wir bauen keine Strassen. Wir machen keine Schuhe und keine Kleider. Wir nehmen nur Geld in die Hand und geben es wieder aus der Hand und drücken irgendwo auf einen Knopf und nehmen wieder Geld in die Hand und sagen danke schön, einen schönen Tag noch wünsche ich Ihnen, der Herr. Oder die Dame.

Und das müssen wir auch sagen, wenn wir denken, dass das ein Arschloch ist. Und, was machen wir mit alledem? Wir können es nicht essen. Wir können darauf nicht schlafen. Wir können darauf nicht gehen. Wir können es nicht anziehen. Wir können damit gar nichts. Wenn es verbrennt oder aus dem Fenster fliegt, ist es weg. Einfach weg. Jawohl!»

Hans Ohren hatten sich während seiner kleinen Brandrede in der Kantine einer Schweizer Grossbank gefährlich rot verfärbt.

«Er kann das Geld nicht essen. Und er kann darauf nicht schlafen. Und er kann es nicht anziehen. Er kann damit gar nichts anfangen. Der Arme. So ein Schwachkopf. Wenn er nicht so blöd wäre und nachher dem Steuerzahler auf der Kasse liegen würde, müsste man ihn gleich der Direktion melden. Oder dem Personalbüro. So etwas Bescheuertes.»

Jetzt war der Herr Kollege nicht mehr freundlich. Und schon gar nicht lustig. Nein. Todernst war das jetzt. Und totenstill in der Kantine.

«Sie! Passen Sie auf, Sie! Nehmen Sie sich in Acht. Sie! Sie!»

Hans fing an zu stottern, verhaspelte sich. Fand keine Worte mehr.

Kein Gelächter mehr. Das war man sich nicht gewohnt. So etwas nicht. Nicht in der Kantine einer Schweizer Grossbank.

Eigentlich müsste er ihm eine aufs Maul hauen. Ihn am Kragen packen und auf die Direktion schleppen. Oder gleich zum Fenster hinauswerfen. Er solle machen, dass er verschwinde. Bevor ihm der Kragen ganz platze.

Jetzt war der Herr Kollege sauwütend.

«Und deine Birne. Sieh sie dir mal an, deine lächerliche Birne. Dass da drin so viel Mist Platz hat...»

Die herumgestanden und gestaunt hatten, verzogen sich.

Es standen nur noch Hans und der Herr Kollege vom Devisenhandel in der Kantine.

«Du sollst abhauen, habe ich gesagt.»

Hans ging. Ohne einen Mucks. Aber stolz. Dem hatte er's gesagt.

Dem habe er's gesagt, erzählte er abends am Tisch. Dem, und allen anderen auch.

«Die wissen jetzt, wie das ist mit dem Geld. Unmoralisch ist das nämlich. Das Geld.»

Hans rapportierte dem Vater, was sich heute in der Kantine zugetragen hatte.

Was er daher fasle. Ob ihm der Donner in die Birne gefahren sei. Oder sonst ein wüstes Unwetter. Das könnte man ja gar nicht glauben, wenn er nicht leibhaftig am gleichen Tisch sitzen würde. Der Teufel müsse ja wohl hinter dieser bescheuerten Aktion stecken.

«Zu was in aller Welt habe ich dich hier zwanzig Jahre lang erzogen? Dir beigebracht, was sich gehört? Worauf es ankommt im Leben? Geht der dahin und vermasselt sich die erste Arbeitsstelle, bevor er den ersten Zahltag bekommen hat. Und, wovon willst du jetzt leben? Von Kartoffeln und Schuhschränken? Friss doch die Matratze, wenn du Hunger hast. Und geh mir aus den Augen. Ich kann so eine Missgeburt nicht länger ertragen.»

Deutliche Worte. Die hatte Hans verstanden.

Und er ging. Holte den Koffer aus dem Estrich und packte seine Sachen.

Seine Militärsachen werde er abholen, sobald er eine Bleibe gefunden habe.

Das war Hans moralisches Elternhaus. Die Erziehung zu einem moralischen Menschen. Zum Segen und Wohle der Gemeinschaft, der Gesellschaft.

Das Geschrei und Geheule der Mutter half nichts.

Hans ging. Und kam nicht wieder zurück.

Neubeginn

Hans hatte sich ein Zimmer in einer kleinen Pension gemietet. Nur vorübergehend. Bis er eine Wohnung gefunden habe.

Und Hans war auf Stellensuche. Denn, auf der Bank wollte man ihn nicht mehr. Nicht jemanden, der Probleme mit dem Geld habe. Viel Glück in seinem Leben ohne Geld wünsche man ihm.

Das Sozialamt wollte Hans nicht. Das Steueramt ebenfalls nicht. Auch nicht das Einwohnerkontrollamt. Und schon gar nicht das Amt für Militär und Zivilschutz.

Es war zum Verzweifeln. Hans Bankkonto ebenfalls.

Was war denn an ihm so falsch, dass man ihn nirgends haben wollte?

Nach drei Wochen hatte er eine Anstellung gefunden. Auf dem Betreibungsamt. Den Leuten Zahlungsbefehle bringen. Gegen Unterschrift. Das war seine Arbeit. Und dabei immer höflich bleiben.

Gar manche seien halt nicht so pfleglich. Manchmal fast ein bisschen schwierig. Mitunter auch frech. Saufrech sogar. Warnte ihn der Stadtammann.

Es sei unerhört, wenn jemand seine Rechnung nicht bezahle. Unerhört. Unanständig. Und unmoralisch. So Hans Statement. Stehend, vor seinem Pult.

Ob die ihre Sachen zahlen würden oder nicht, gehe ihn nichts an. Das solle er sich gefälligst hinter die Ohren schreiben. Man sei hier nicht bei der moralischen Aufrüstung.

Was denn die moralische Aufrüstung sei?

«Ach. Weiss auch nicht genau. Eben, so etwas Moralisches. Heisst es ja auch. Muss Sie nicht weiter kümmern. Machen Sie, was man Ihnen sagt. Dann haben wir keine Probleme.»

Die Worte des Chefs blieben haften.

Hans hatte Bearbeitung und Erledigung allerhand schriftlichen Krams erlernt. Zur Zufriedenheit des Chefs und dessen Überraschung verrichtete er seine Arbeit bald zuverlässig.

So wurde er in die schwierigere und äusserst verantwortungsvolle Aufgabe der Pfändung eingeführt.

«Pfänden bedeutet, Sie gehen erst einmal in die bewohnten Räume und notieren, was sich da alles so findet. Natürlich nur, was dann auch verkauft werden könnte. Dabei sind die Kompetenzstücke zu respektieren. Also Kleider, Bett, Stuhl und Tisch zum Essen und so weiter. Pelzmäntel gehören nicht dazu. Vorher geht es an den Lohn. Falls einer arbeitet. Oder eine. Versteht sich ja von selbst. Und natürlich ans Bankkonto. Und so weiter. Haben Sie das begriffen?»

Ja. Hans hatte das begriffen. Wenigstens für den Moment.

«Und irgendwelchen Mist, den man nicht verkaufen kann, müssen Sie nicht notieren. Verstanden?»

Hans hatte verstanden.

«Und wenn der Typ dann im Keller noch eine schöne Bordeaux-Kollektion hat, wird die auch gepfändet. Fehlte noch, dass so einer dann noch Trinkgelage feiert. Oder so eine. Alles schon erlebt. Verstanden?»

Auch das hatte Hans verstanden.

«Und wenn einer einen Ferrari vor dem Haus stehen hat, dann ist der nicht bezahlt. Aber weg muss er trotzdem. Verstanden?»

«Und wenn einer Kinder in der Badewanne hat? Müssen die dann auch weg?»

Was ihm eigentlich einfalle. Frech werden müsse er nicht. Nicht hier. Wo er denn glaube, dass er sei. Fasnacht sei erst im nächsten Februar.

Jetzt war der Chef böse. Dieses Spässlein hatte er nicht vertragen. Oder nicht verstanden. Sofern es überhaupt ein Spässlein hätte gewesen sein sollen. Was man ja bei Hans auch nie so richtig wusste.

Überhaupt war Hans jetzt fast ein bisschen überfordert. Einerseits stolz, eine so verantwortungsvolle Aufgabe übertragen zu bekommen. Andererseits verwirrt und verunsichert.

Ob er das denn schaffen werde? Ob das denn auch mit seiner Gesinnung in Einklang stünde?

Abends traf Hans seinen neuen Freund. Den Fredy Fasel. Komischer Name. Aber Fredy war kein Fasler. Der faselte nicht. Der hörte vielmehr andächtig zu, wenn Hans sprach. Denn Hans war ein Gescheiter. Davon war Fredy überzeugt. Und ein Moralischer. Das hatte Hans ihm gesagt.

Fredy Fasel arbeitete beim Strasseninspektorat. Die Strassen mussten in Ordnung gehalten werden. Und im Winter geräumt, wenn Schnee gefallen war. Dafür war Fredy zuständig. Nicht für das Löcherflicken und Belagsausbessern. Aber für den Einsatz von Mensch und Gerät, damit die Strassen jederzeit befahrbar waren.

Bei einem Fläschchen Mineralwasser mit Kohlensäure trafen sich die beiden nach Feierabend.

Die Strassenarbeiter tranken nach Feierabend lieber ein Bier. Der Fredy nicht. Das imponierte Hans. Das hatte er sofort bemerkt, als er dem Fredy eines Abends beim Nachtessen im Café zugeschaut hatte.

Hans trank auch lieber Wasser. Bier mochte er gar nicht. Er fand es auch unmoralisch. Und er fragte sich, wie Mönche dazukamen, im Ostschweizer Kloster und auch an anderen religiösen Stätten Bier zu brauen. Und dann auch noch zu trinken. Und sich auf der Flasche abbilden zu lassen. Und dazu noch zu lachen.

Offensichtlich nahmen es mit der Moral nicht alle so genau.

Gegen ein Glas Wein hatte Hans nichts einzuwenden. Natürlich nicht täglich. Höchstens sonntäglich. Und das beileibe nicht wöchentlich.

Fredy trank überhaupt keinen Alkohol. Deswegen schlafe er so gut und sei er kerngesund.

Das hatte Hans zu gründlicher Überlegung bezüglich Alkoholkonsums veranlasst. Aber, hin und wieder ein Gläschen Roten sei gut für die Gesundheit. Meinte der Doktor. Drum würden die in Süditalien so alt.

Aber nur die Männer, hatte Hans gedacht. Die Frauen sähen mit sechzig alle schon wie hundert aus. Und so alt würden dann, wenn überhaupt, sowieso nur die Männer. Mit oder ohne Zähne.

Das alles hatte er dem Fredy erzählt.

Aber Fredy war unerschütterlich. Alkohol sei etwas Ekelhaftes. Seine Mutter habe täglich Wein getrunken. Der Vater zweimal täglich. Einmal vor dem Mittagessen. Dann vor und während und nach dem Nachtessen. Ekelhaft sei das gewesen. Und wenn dann der Vater gegrölt und gerülpst und gefurzt habe, hätte er ihm am liebsten die Bratpfanne auf den Kopf gehauen. Nur nicht getraut habe er sich.

Das hatte Hans erschüttert.

Aber seiner Gesundheit zuliebe blieb er bei seinem gelegentlichen Gläschen Roten. Und dem Doktor zuliebe.

An diesem Abend also erzählte Hans seinem Freund Fredy, welche grosse Verantwortung ihn ab dem morgigen Tag belasten, aber auch mit Stolz erfüllen werde.

Fredys Augen wurden immer grösser. Hans Brust ebenfalls. Voller Stolz schloss er mit den Worten:

«So hoffe ich denn, dass mir innere Stimme und Erleuchtung bei der schweren Arbeit immerzu Einhaltung und Grenze der Moral vor Augen führen werden.»

Und Fredy seufzte tief und meinte, in diesem Moment würde er mit dem Hans und einem Glas Wein in der Hand gerne auf erfolgreiches Wirken anstossen, aber eben....

Und so stiessen die beiden auf gute Zukunft und Arbeit und Gesundheit halt mit einem Glas Mineralwasser aus Schweizer Bergen an.

Geld

Es war eine verteufelte Sache mit den Schuldnern.

Die einen waren ehrlich und höflich, freundlich gar. Verletzt, beschämt, verzweifelt. Wütend manchmal auch.

Die anderen verlogen, frech, anmassend, uneinsichtig. Unzuverlässig allemal.

Die einen wollten anständig, einfühlsam behandelt werden.

Den anderen war das grundsätzlich egal. Die waren einfach, wie sie waren. Und von anderen Menschen erwarteten sie auch nicht mehr. Ausser, dass man auf sie hereinfiel.

Das waren die Schuldnerinnen und Schuldner. Gar manches Drama spielte sich ab.

Mit den Gläubigern verhielt es sich anders.

Die waren zumeist höflich, zuvorkommend, verständig. Verständnisvoll auch.

Aber es gab auch die Fordernden, Ungeduldigen, Herablassenden. Und letztlich auch die Dummen.

Für Hans begann ein neues Leben. Er wurde hineingeworfen in Gefühlsströme. Und sollte dabei immer klaren Kopf behalten. Und sich und die Menschen und überhaupt die Welt verstehen.

Und für Hans wurde klar: wer Geld hatte, hatte weniger Sorgen als wer keines hatte. Wer Geld hatte, trat mit einem ganz anderen Selbstverständnis auf, als wer keines hatte. Wer kein Geld hatte, ging geduckt durchs Leben.

Kurz: wer Geld hatte, war angesehen, wer keines hatte, wurde verachtet.

Und plötzlich fragte sich Hans, was es denn war, dieses Geld. Dieses teuflische Geld.

Welche enorme Bedeutung im Leben, welche Kraft Geld hatte, lernte Hans jetzt zu verstehen. Und er fragte sich, ob denn etwas, dass so bedeutsam war für eine Gesellschaft, unmoralisch sein konnte.

So trieben ihn die Gedanken um, dass er manchmal fast nicht einschlafen konnte nach einem langen, schweren Tag.

«Sie wollen Geld von mir? Ich habe keines. Soll ich mich deswegen umbringen. Wäre wohl am besten. Für mich, und für die anderen.»

Oder:

«Sie wollen Geld von mir? Können Sie haben.»

Und Hans flog ein Glas Wasser an den Kopf. Oder ein fauler Apfel. Oder ein Ei. Und zu die Tür.

Oder Fido oder Bello oder wie immer so ein Viech hiess, wurde gerufen mit dem Befehl „Fass!". Und ab wie die Feuerwehr der Hans.

In der Tat war die Arbeit manchmal nicht ungefährlich.

Ja, es war schwer. Die Lichtblicke waren selten. Traurigkeit befiel Hans.

Wie lange würde er das aushalten?

Doch das Leben ist immer für eine Überraschung gut. Dieses Mal allerdings für eine der sehr besonderen Art. Hans gewann im Zahlenlotto den Hauptpreis. Ein Sechser mit richtiger Zusatzzahl. Mehr als fünf Millionen Franken.

Hans im Glück! Er konnte es gar nicht fassen.

War Besitz von so viel Geld moralisch? Hans kam nicht lange zum Nachdenken.

Ein Herr von der Bank rief an. Lud zur Besprechung ein. Vorher ein Mittagessen in der Direktionskantine. Oder nachher. Je nachdem. Wie es Hans zeitlich und organisatorisch und persönlich und überhaupt am besten passen würde.

Und eine Zürcher Tageszeitung wollte Hans interviewen.

Und Briefe, Karten, Werbeprospekte landeten in seinem Briefkasten. So viele, dass der Pöstler einen Zettel in den Briefkasten legte: Hans solle seine Post selber bei der Poststelle abholen. Der Pöstler könne nicht alles in den Briefkasten stopfen.

Weshalb wussten all die Leute von seinem neuen Glück? Für Hans ein Rätsel.

Vergessen, dass er sich in der Sendung Nachtexpress *Brennend heisser Wüstensand* von Freddy Quinn gewünscht hatte?

Vergessen, wie er in den Hörer posaunt hatte, er habe im Lotto gewonnen?

Vergessen, dass er auf die Frage des Moderators, in welcher schönen Gegend er denn wohne, gleich noch die Adresse in den Hörer geschrien hatte? So freudig, dass ihn der Radiomann gar nicht aufhalten und so vor sicherem Ärgernis hatte bewahren können.

Unschwer zu erraten: Hans war völlig überfordert. Überfordert mit Glück, Freude, Moral und zugehörigen Umtrieben.

Zu guter Letzt noch der Vater. Von dem hatte er seit seinem Auszug nichts mehr gehört. Aber jetzt.

Den Hans müsse man ja wohl nun sofort bevormunden, bevor ein Unglück passiere. So ein bescheuerter Typ, der sich brennenden Wüstensand wünsche und Lotto und alle Menschen auf der Welt liebe. Und das auch noch samt Adressangabe in den Telefonhörer gröle. Der sei ja wohl kaum mit seinen, des Gottfried Müllers Genen ausgestattet. So etwas sei unzumutbar. Absolut unzumutbar. Wohl noch ganz verblödet, seit er seiner Mutter und seinem Vater davongelaufen sei.

Und, falls der Hans nichts anzustellen wisse mit dem vielen Geld – wovon er ja auch ausgehe... Sie bräuchten zuhause dringend eine neue Küche. Und die Mutter sei nicht mehr so gut auf den Beinen und wünsche sich so ein komisches WC mit Hinternspülung und Geländer. Damit sie sich festhalten könne und nicht neben das WC falle beim Aufstehen.

Und der Hans solle am Sonntag zum Mittagessen kommen und zwei Flaschen Wein mitbringen. Eine billige für den Grossvater. Alles andere wäre ja Perlen vor die Säue geworfen. Und eine teure für den Vater. Hans und die Mutter könnten Tee trinken. Wie üblich. Das bekomme ihnen besser.

Hans war schockiert. Und am nächsten Tag traumatisiert. Und am übernächsten Tag am Bankschalter, um tausend Franken abzuheben. Für die Mutter sagte er der Schalterdame. Die brauche ein neues WC.

Die Schalterdame machte Hans den Vogel. Natürlich erst, als er ihr den Rücken zugedreht hatte.

Hans packte die Tausendernote in einen Umschlag und warf diesen in den Briefkasten seiner Eltern. Aber erst nach dem Eindunkeln. Damit sie ihn ja nicht sähen.

„Einen lieben Gruss an die Mutter. Und viel Vergnügen auf dem neuen WC."

Mangels innerer Bindung zum Grossvater verzichtete er auf die Lieferung einer Flasche billigen Weines.

Dem Vater stellte er eine Flasche Rizinusöl in den Milchkasten. Auf dem weissen Kärtchen, das er an die Flasche klebte „Gute Besserung."

Am Abend fühlte sich Hans gut. So gut, dass er tatsächlich in eine Quartierbeiz ging und allen Anwesenden Bier und Cervelat spendierte.

Zahlen werde er dann morgen, versicherte er dem Wirt. Er habe genug auf der Bank. Der Herr Wirt werde ihn ja wohl kennen.

Die Identitätskarte wolle der Wirt sehen.

Im Übrigen, meinte Hans, arbeite er auf dem Betreibungsamt. Das solle dem Herrn Wirt Garantie genug sein.

Das war es dem Herrn Wirt mitnichten. Erstens könne das jeder behaupten und zweitens gebe es überall Halunken. Aber den Namen kenne er. Aus der Zeitung. Also werde serviert, was der Herr Multimillionär wünsche.

Und so verbrachte Hans mit einem Haufen fröhlicher Wirtshausbesucher einen noch viel fröhlicheren Abend. Den ersten in seinem Leben.

Und die Menschen tranken ihm zu, lobten ihn, beglückwünschten ihn, feierten ihn. Und frassen sich halb tot an den Würsten. Und befanden sich schier ausnahmslos im Zustand des bierseligen Besäufnisses.

Zuhause musste sich Hans erst einmal übergeben. Mit viel Geräusch landete er dann irgendwann im Bett.

Am nächsten Tage meldete sich Hans von der Arbeit ab. Heute habe er keine Lust zur Arbeit. Er habe zu viel gesoffen. Und ausserdem habe er etwas Geschäftliches zu erledigen.

Er müsse gar nicht mehr kommen, sagte der Chef. Solche Absenzgründe würden nicht akzeptiert. Schade sei es um ihn. Er wünsche ihm viel Glück und Freude an dem vielen Geld. Und hoffe, dass er nicht eines Tages beim Betreibungsamt anhängig werde. Weil er sein Geld aus lauter Blödsinn verjubelt habe. Er wäre nicht der Erste.

Metamorphose

Hans ärgerte sich über die rüde Art des Rauswurfs aus dem Betreibungsamt. Das war eine Beleidigung.

Er solle sich einen Anwalt nehmen, hatte ihm sein Freund Fredy geraten. Der Mann könne ihn doch nicht einfach rauswerfen, nur weil er zu viel getrunken und Geschäfte zu erledigen gehabt habe. Und Geld habe er ja nun genug für einen Anwalt. Aber den müsse er nicht einmal bezahlen, so viel er wisse. Weil es sich um einen arbeitsrechtlichen Streit handle. So viel er wisse.

Ob das denn moralisch sei? Hans war verunsichert. Schliesslich war er nicht zur Arbeit gegangen. Das konnte keine Geiss wegschlecken.

Hans entschied sich für unmoralisch. Und zwar für beide. Er, weil er nicht zur Arbeit erschienen war. Sein Chef, weil er ihn einfach rausgeworfen hatte.

Aber unmoralisch wäre es, nun um Geld zu streiten. Schliesslich war er ein moralischer Mensch. Und der wollte er auch bleiben.

Er bezahlte den Wirt. Dreiundsiebzig Cervelats und Landjäger hatten die vielleicht dreissig Menschen gegessen. Oder gefressen. Und für sechshundertachtundachtzig Franken Bier und Wein und *Kafi fertig* getrunken. Oder gesoffen. Obwohl er nur Bier spendiert hatte. Ein teurer Abend.

Hans ärgerte sich über seine Gedanken. Schliesslich besass er ja nun genug Geld für die Bewirtung von ein paar Menschen. Unter denen waren vielleicht auch solche, die kein Geld für so etwas besassen. Was sollte er sich also ärgern? Schliesslich war er ein moralischer Mensch.

Der Zins für die Wohnungsmiete müsse erhöht werden. Das Heizöl habe aufgeschlagen. Und das Dach habe repariert werden müssen. Eine neue Waschmaschine habe man auch angeschafft. Die alte habe zu viel Strom verbraucht. Wurde Hans mit eingeschriebenem Brief vom Hausbesitzer mitgeteilt.

Der spinne wohl, sagte sein Freund Fredy. Der habe schlaugekriegt, dass er Hans jetzt ausnehmen könne wie eine Weihnachtsgans. Er solle sofort zum Mietgericht gehen. So gehe das doch nicht.

Zum Mietgericht gehen? Na ja. Schliesslich bezahlte er genug Miete.

Aber, wenn das nun tatsächlich so war mit der Waschmaschine? Und dem Dach? Und dem Heizöl?

«Müssen Sie auch mehr Miete bezahlen?», fragte Hans die alte Frau von der Wohnung nebenan im Treppenhaus.

Nein, musste die alte Frau nicht. Könnte sie auch gar nicht. Und, wie käme sie denn überhaupt dazu? Die Wohnungen in dieser lausigen Abbruchhütte seien doch schon so zu teuer. Ein verdammter Leuteschinder sei das. Ein Profiteur. Ein Geschäft habe der. Chemische Reinigung. Die Angestellten behandle er wie Sklaven, habe ihre Freundin gesagt. Die dürften nicht einmal aufs WC gehen während der Arbeit. «Dem würde ich glatt auf den Boden machen. Hahahaha...»

Hans versuchte sich das bildlich vorzustellen und verfiel in einen Lachkrampf. Als er fertig gelacht hatte, war er erschüttert. Gab es solche Menschen?

Aber, wieso musste die Alte nicht mehr Miete bezahlen?

«Der spinnt doch. Das ist ein Drecksack. Das musst du dir nicht bieten lassen.» Fredy war wütend.

Hans rief den Hausbesitzer an. Ob er denn wirklich mehr bezahlen müsse? Die Nachbarin müsse das ja auch nicht.

«Diese verdammte Schlampe. So wird es einem gedankt, wenn man nett zu den Menschen ist.»

«Das reicht. Ich will die Wohnung nicht mehr. Ich kündige. Ich gebe Ihnen das sofort schriftlich. Und übrigens: selber Schlampe. Oder Schlamperich von mir aus.»

Hans konnte es egal sein, ob er rasch wieder eine Wohnung finden würde. Er konnte auch im Hotel wohnen.

Der Gedanke war beruhigend. Auch wenn es Hans nicht so wohl war dabei. Wo blieb die Moral? Wer konnte sich so einen Gedanken leisten? Nicht einmal sein Vater. Schon gar nicht Fredy.

Und doch war es nun einmal so. Was sollte er denn sonst mit dem vielen Geld, als es auszugeben? Verschenken? Da könnte er ja gleich ins Kloster gehen.

Ein Besuch in der Kirche. In der katholischen. Obwohl Hans ein Reformierter war. Aber die reformierte Kirche hatte geschlossen. Keine Sprechstunde beim Herrgott. Darüber ärgerte sich Hans. Der Ärger liess ihn gar nicht zur Ruhe kommen. Auch nicht die katholische Kirche. Drei Leute sassen ausser ihm auf den Bänken. Das heisst, einer kniete. Ein alter Mann. Dass der das mit den Knien noch aushielt.

Es roch nach abgebrannten Kerzen. Und diesem Weihrauch.

Hans schaute sich um. Die Kirche gefiel ihm. Die hatten genug Geld. Lauter Gold und sonstiger Klunker. Alles blitzsauber. Die brauchten sein Geld nicht.

Eigentlich hatte er nachdenken, zur Ruhe kommen wollen. Stattdessen ärgerte er sich über die geschlossene reformierte Kirche. Und über die katholische, die ihm wie das Schloss eines Ludwigs oder wie sonst die alle geheissen hatten oder der Harem eines Sultans erschien. Obwohl er noch nie einen gesehen hatte. Weder von aussen noch von innen.

So kam Hans gar nicht ins Gespräch mit dem lieben Gott.

Also ging er wieder und kaufte sich im teuersten Herrenmodegeschäft an der Bahnhofstrasse einen Anzug für dreitausend Franken. Und ein paar Häuser weiter gleich noch ein paar glänzende Schuhe für sechshundert Franken. Dem Verkäufer drückte er eine Fünfzigernote in die Hand. Trinkgeld. Für einen Schnaps nach Feierabend.

Zwei Tage später traf sich Hans mit dem Herrn von der Bank. In seinen neu erstandenen Klamotten.

Es war die Bank, bei der er vor ein paar Monaten gearbeitet hatte und rausgeflogen war. Das Konto hatte er immer noch dort belassen.

«So trifft man sich wieder.»

Der Herr im Nadelstreifenanzug verstand nicht, was Hans meinte. Aber das war unwichtig. Er nickte höflich und bat Hans in den Lift.

Hans schritt über die dicken Teppiche wie der Fürst von Monaco. Er schaute nach rechts und nach links. Es war leider niemand da, dem er zunicken konnte.

Wenn das der Fredy jetzt sehen könnte... Und erst der Vater.

Nach zwei Stunden hatte Hans einen vollen Bauch. Und den Kopf oder vielmehr den Zettel vor sich voller Zahlen und Anlagestrategien und Börsenindizes. Das Ganze leicht vernebelt von dem schweren Wein.

Mit einer eleganten, mit Papieren und Prospekten gefüllten Ledermappe in der Hand, verabschiedete sich Hans von dem netten Herrn. Die Mappe dürfe er behalten. Ein Geschenk des Hauses.

Und auf bald. Man werde sich mit ihm in Verbindung setzen. Zwecks Besprechung weiterer Schritte und Details.

Das Tram schien Hans nicht passend. Von einem Taxi liess er sich nach Hause bringen. Allerdings nicht bis vor die Tür. Die Abbruchhütte sollte der Fahrer nicht sehen.

Eine Woche später offerierte ihm der höfliche Herr von der Bank nach eineinhalbstündiger Besprechung und Abschluss mehrerer Anlageverträge Wagen mit Chauffeur für die Heimfahrt.

Das nahm Hans gerne an. Aber vor die Abbruchbude wollte er sich nicht chauffieren lassen. Zu dem berühmten Fünfsternehotel solle der Chauffeur ihn bringen. Dort habe er noch ein wichtiges Treffen mit einem Amerikaner.

Der Chauffeur fuhr die elegante schwarze Limousine direkt vor den Eingang des Baur au Lac. Ein Mann mit längs gestreiftem Gilet und schwarzer Fliege öffnete die Wagentür und begrüsste Hans mit einer Verbeugung. Das heisst, gebeugt war er schon, wie er sich an der Wagentür hielt.

Hans bedankte sich beim Chauffeur mit einer Fünfzigernote und rammte die Türkante mit dem Kopf. Oder den Kopf mit der Türkante. Wie man's nimmt.

Der Gilet-Mann schaute besorgt drein und begleitete Hans durch die grosse Eingangstür.

Aufs WC müsse Hans mal.

Er schaute sich im Spiegel an, spritzte sich von dem Eau de Toilette an den Kopf und verliess das Baur au Lac ohne sich noch um einen der herumstehenden Türhalter zu kümmern.

Das tönte in der direkten Rede an Fredy so:

«Da haben sie mich mit dem Auto spediert.»

«Was für ein Auto war es denn?»

«Weiss ich doch nicht. Aber ich fuhr ins Baur au Lac. Du weisst schon. Wollte doch dem Chauffeur nicht meine Bruchbude vorführen. Vielleicht kaufe ich das Haus dem Trottel ab und mach was Anständiges draus.»

«Und, was hast du im Baur au Lac gemacht?»

«So ein Lackaffe mit schmieriger Frisur und einer Leckmichamarschkrawatte hat mir die Autotür aufgehalten.»

«Du meinst so ein Propeller am Hals?»

«Ja, genau. Und dann bin ich aufs WC gegangen. Und dann weg.»

Hans erzählte, Fredy amüsierte sich. Zwischendurch Gelächter und Aufdieschenkelklopfen.

Und dann offerierte Hans seinem besten Freund Fredy ein schönes Nachtessen. Was ihn gelüste, solle er sich aussuchen. Der Preis spiele keine Rolle. Heute nicht, morgen auch nicht. Und wahrscheinlich überhaupt nicht mehr. Denn jetzt werde er erst recht reich. Schliesslich müsse sich das Geld vermehren. Wenn man es erst mal besitze.

«Wie bei den Karnickeln ist das. Die vermehren sich ja auch. Hat der Mann auf der Bank gesagt. Man muss nur genug davon haben. Schliesslich könne auch mal eines verrecken, oder zwei. Sei beim Geld auch so. Dass mal was in die Hose gehe, gehöre dazu. Da wolle er gleich ehrlich sein. Aber ich sei in einer komfortablen Situation. Ich könne ruhig schlafen. Tu ich ja auch.»

«So? Tust du? Kein schlechtes Gewissen?»

Hans schluckte leer. Keine Antwort. Er wollte sich nicht streiten. Sein Freund war neidisch. Sein Freund Fredy. Sein bester Freund. Er hatte ja auch keinen anderen.

Und ab nächstem Tag hatte er gar keinen mehr. Fredy meldete sich nicht mehr. Hans auch nicht.

«So einen Neider brauche ich nicht.»

Der Vater blieb ruhig. Fragte nicht einmal, von wem Hans spreche. Fragte nur, weshalb Hans denn nun doch plötzlich wieder auftauche. Nach dieser Frechheit mit dem Rizinusöl. Den Hintern versohlen müsste man ihm. Aber man lebe ja schliesslich nicht im Urwald. Aber dass der Hans nun einfach so mir nichts dir nichts wieder reinschneien könne, wie wenn nichts gewesen wäre, das müsse er sich dann gar nicht etwa einbilden. Schliesslich habe man auch seine Ehre. Und das Geld, was er da ergaunert habe, das interessiere ihn überhaupt nicht. Auch nicht die Mutter. Höchstens den vertrottelten Grossvater. Dem könne Hans ja einmal einen Harass sauren Most schenken. Und gleich zehn Unterhosen dazu.

«Ich habe gar nichts ergaunert. Ich hatte Glück beim Lotto.»

«So. Und was machst du nun mit deinem Glück? Deinen Freund hast du nicht mehr. Deine Arbeit hast du nicht mehr. Deine Wohnung hast du nicht mehr. Gut, dass du nicht noch Frau und Kind hattest. Die hättest du wohl auch schon nicht mehr. Und in der totalen Verblödung bist du wohl auch schon angelangt. Das kommt davon, wenn einer nicht mehr weiss, wozu er da ist. Und ich frage mich, wozu ich dich erzogen habe.»

Das war zu viel für Hans. Einen schönen Gruss an die Mutter solle der Vater ausrichten. Und sich nicht verschlucken an seinem Zorn. Und ihm den Buckel hinunterrutschen. Und verliess Stube und Haus.

Da hatte er einmal gelebt. Seine Kindheit verbracht. Schöne Tage verlebt. Auch weniger schöne. Aber war zuhause gewesen.

Hans stand da und schaute zu den Fenstern im ersten Stock hinauf. Na ja. Und ging. Keine Träne. Nur Wut im Bauch. Wut gegen den Tyrannen in dem Haus da hinter ihm.

Hans las die Zeitung. Täglich. Erstmals in seinem Leben. Was er da so alles las... Zum Beispiel war da so ein Bundesrat. Eine Firma hatte der. Früher, bevor er Bundesrat geworden war. Und das Geld ins Ausland gebracht. Viel Geld. Weil da weniger Steuern zu bezahlen waren. Sei gut für die Firma. Schliesslich brauche die Schweiz solche Firmen. Für die Wirtschaft. Das sei ganz legal.

Legal? Ja, vielleicht. Aber anständig? Moralisch?

Oder da war da so ein Nationalrat und Stadtpräsident. Der liess im Nationalratssaal oder im Büro die Hose runter und fotografierte mit seinem Smartphone, was man mit einem Smartphone nicht fotografiert und schickte das.... nein, nicht seiner Frau, seiner Freundin.

Wenn das ein kleiner Bankangestellter machen würde? Nun, war er ja nicht mehr. Aber würde er auch nicht machen, auch nicht als Bankdirektor. Und schon gar nicht als Nationalrat und Stadtpräsident.

Hans dachte nach. Er hatte Zeit dazu. Genügend Zeit.

Hans hatte viel Zeit für Zeitungslektüre. Wegen der Stellensuche, sagte er der Servierdame im Café. Er müsse dringend eine Arbeit finden. Und eine Wohnung. Drum lese er so viele Zeitungen.

Aber Hans interessierten nicht die Stellenannoncen. Auch nicht der übliche Kram, der so in den Zeitungen stand. Etwa, dass eine Katze auf dem Hausdach von der Feuerwehr geholt werden musste. Oder dass der Opa beim Kirschenpflücken von der Leiter gefallen war und das Bein gebrochen hatte. Oder dass die Menschen das Glockengeläute der Kirchen und Kühe nicht mehr ertrugen. Oder vom Dorfbrunnen. Oder dass der Wirt von dem Ausflugsberg wieder abbrechen musste, was er ohne Bewilligung gebaut hatte. Nein, solche Dinge interessierten Hans nicht.

Wirtschaftsnachrichten interessierten Hans nun. Börsenberichte. Geldmengen. Analysen. Und Politik.

Und dass so einer einfach sagen konnte, er sein ein ehrlicher Mensch, er habe nichts Unanständiges getan. Wenn der doch dem Staat nicht bezahlt hatte, was dem Staat zustand. Das verstand Hans nicht. Wie er überhaupt bei seinen Studien über Wirtschafts- und Arbeits- und Politikerwelt nicht mehr ganz verstand, was denn Moral sei. Wozu sie denn überhaupt diene?

Grundpfeiler der Gesellschaft. Sitte und Ordnung. Das sei Moral. So hatte er es vor Jahren gehört und gelernt. Und jeden ginge sie etwas an. Jeden und jede.

Aber offenbar ging die Moral Bundesräte und sonstige Politiker und Wirtschaftskapitäne und Manager nichts an.

Und doch funktionierte die Gesellschaft. Jedenfalls hier, in Hans Heimat. Auch dank der Bundesverfassung.

Allerdings waren nicht alle gleich und hatten es nicht alle gleich. Obwohl es in der Bundesverfassung stand. Etliche hatten es etwas gleicher und waren etwas gleicher. Und reicher. Und doch wurde immer von Gleichheit gesprochen. Chancengleichheit, Gleichbehandlung vor dem Gesetz, vor dem Steueramt. So, wie es die Bundesverfassung vorschrieb. Schmarren. Nicht einmal im Krankenhaus waren die Menschen gleich. Die mit Geld hatten es schöner, wurden besser behandelt. Wurden auch älter, weil sie sich und ihrer Gesundheit besser schauen konnten.

Und was war mit den Staatsgewalten? Legislative, Exekutive, Judikative. Die drei gab es. Basta. Hatte Hans im Staatskundeunterricht gelernt. Aber, was war mit der Presse, dem Radio, dem Fernsehen? Die vierte Staatsgewalt? Gewiss. Davon war Hans überzeugt. Medikative nannte er sie. Obwohl das mit Medizin nicht zu tun hatte. So nannte er sie auch, wenn Elsie, so hiess die Servierdame im Café, wenig Gäste und Zeit für ein Plauderminütchen oder auch zwei oder auch zehn hatte und seinen Vorträgen über das Zeit- und Weltgeschehen ehrfurchtsvoll zuhörte.

Hans bewegte sich in anspruchsvollen Gedankengängen.

Und so blieb ihm keine Zeit für die Wohnungssuche. Und, wie bereits gesagt, interessierte ihn die Stellensuche schon gar nicht. Dafür hatte er jetzt keine Zeit.

Erika

Anspruchsvoll und auch anstrengend waren Hans Gedankengänge. Anspruchsvoll und anstrengend war auch sein neues Leben.

Dass man nach einem Tag ohne Arbeit müde sein konnte, war für
Hans eine neue Erfahrung. Also mussten die Arbeitslosen am
Abend auch müde sein. Auch wenn sie nichts gearbeitet hatten.
Eine seltsame Vorstellung.

Nach dem Aufstehen am Morgen musste Hans sich erst einmal
überlegen, was er heute zu erledigen hatte. Dann fragte er sich,
was er mit der verbleibenden freien Zeit machen sollte. Den ganzen Tag im Café sitzen und Zeitungen lesen und der Servierdame
Elsie seine Gedanken und Erkenntnisse über Gott und die Welt
und Politiker und Manager zum Besten geben konnte er ja nicht.
Und diskutieren konnte er darüber mit ihr auch nicht. Denn, sie
war eine Frau. Und Frauen waren dumm. Bis jetzt wusste er jedenfalls nichts anderes.

So gingen die Tage dahin, ohne dass sich Wichtiges oder Interes-
santes in Hans Leben ereignete.

Eines Abends traf Hans die Mutter. Er lud sie in ein teures Spei-
selokal ein. Ihr war das gar nicht recht. Sie fühlte sich nicht wohl.
Und sie ass fast nichts. Dafür berichtete sie ausgiebig von dem
schönen WC. Dass ihr das das Leben etwas erleichtere. Und dass
der Vater sich nicht drauf setzen wolle. Der Vater sei überhaupt
etwas komisch geworden. Er spreche fast nicht mehr mit ihr. Und
er schimpfe nicht einmal mehr, wenn sie ungefragt etwas sage.
Sie frage sich, ob er krank sei. Schliesslich sei er auch nicht mehr
der Jüngste. Ob Hans vielleicht den Vater nicht einmal sehen
wolle? Solange er noch am Leben sei.

Hans fühlte sich schlecht. Beim erbärmlichen Anblick der Mutter verging ihm der Appetit. Die Flasche Wein trank er allein. Die Mutter wollte keinen. Den Teller gab er unberührt zurück. Die Mutter sah es gar nicht gern, dass Hans Wein trank.

«Das macht krank und blöd. Wie beim Grossvater. Und jetzt auch beim Vater. Hör bloss mit dem Unsinn auf! Und unmoralisch ist das auch. Eine Sünde. Der Herrgott wird dich strafen.»

«Bestimmt nicht. So ein Blödsinn. Und mit unmoralisch oder moralisch hat das überhaupt nichts zu tun. In den Klöstern trinken die auch Wein. Und du willst ja wohl nicht behaupten, die seien unmoralisch. Auch wenn sie Katholische sind. Und überhaupt, ihr mit Eurer Moral. Ich kann das Wort schon gar nicht mehr hören.»

Hans war sauer. Aber er bereute bereits, was er soeben gesagt hatte.

«Es tut mir leid. Ich wollte dich nicht kränken. Aber ich will ja irgendwie auch leben. Nicht immer nur daran denken, was jetzt moralisch oder unmoralisch ist. Ist doch wahr.»

Die Mutter sagte nichts mehr. Das machte die Sache für Hans noch schlimmer.

Eine Stunde später sass Hans in einer Bar. Für die Mutter hatte er ein Taxi bestellt und sie nach Hause geschickt. Alles Gute und einen Gruss an den Vater. Nicht viele Grüsse. Auch keine herzlichen. Ein einfacher Gruss, das reiche.

Der Whisky war stark. Brannte im Hals. Ungewohnt für Hans. Ungewohnt auch die freundliche Dame hinter der Bar.

Ob es ihm gut gehe? Ob er noch etwas haben möchte? Wie er denn heisse? Was er denn so tue? Wo er denn wohne?

Sie erzählte von sich. Dass sie ein Kind habe. Aber keinen, der dafür bezahle. Ein Spanier sei das. Oder wäre das. Aber wo der sei, wüssten die Götter. Jedenfalls nicht sie. So etwas würde der Herr an der Bar ja nicht tun. So nett, wie er aussehe. Und so zuverlässig. Sicher arbeite er bei der Bank. Oder sei ein Anwalt.

Mochten ihn die Frauen vielleicht doch?

«Hans ist mein Name.»

«Ich heisse Erika.»

Am nächsten Morgen erwachte Hans in fremder Umgebung. Das heisst vorerst sah er die Umgebung gar nicht.

Auf seinem Gesicht war etwas. Weich und feucht. Ein unangenehmer Geruch stieg Hans in die Nase. Und dann war es weg, das weiche feuchte Etwas.

Hans hörte ein fröhliches Lachen. Das weiche feuchte Etwas stellte sich als den mit Windeln bepackten Popo eines kleinen Buben heraus. Und das Lachen kam aus der heiseren Kehle der Bardame von gestern. Und Hans tat der Kopf weh. Und seine Augen ertrugen das Sonnenlicht nicht. Und nackt war Hans. Völlig nackt. Wie die Bardame auch.

Sollte Hans jetzt lachen oder heulen?

«So. Wie gefällt dir das Bett? Hast du gut geschlafen?»

Wo er sei? Wer sie sei? Und ob er ein Tuch haben könne? Es sei ihm peinlich. Was passiert sei?

«Ich bin die Erika. Und du bist bei mir zuhause. In meinem Bett. Und anziehen kannst du dich später. Ich will dich noch ein bisschen sehen. So, wie du bist. Ist schon eine Weile her, seit ich ein Mannsbild so gesehen habe.»

Und sie lachte wieder.

«Und das ist mein Kind. Dirk. Bald zwei Jahre alt.»

Und sie nahm den Kleinen und stand auf. Stellte sich vor Hans.

«Gefalle ich dir?»

Hans stöhnte. Griff sich an den Kopf. Fragte, wo sich die Toilette befinde. Er glaube, er müsse kotzen.

Hans sass bleich am Küchentisch und sah angestrengt in die Teetasse.

Erika hatte ihm soeben berichtet, dass sie ihn mit Hilfe des Taxichauffeurs in die Wohnung gebracht habe. Mehr getragen als gestützt. Und dass Hans gesagt habe „Hier bin ich und hier bleibe ich" und dass sie ihn mit knapper Not noch bis zum Bett gebracht habe.

«Und wer hat mich ausgezogen?»

«Ich. Wer sonst denn? Und bleiben kannst du bei mir selbstverständlich. So lange wie du willst. Wenn es dich nicht stört, mit mir in einem Bett zu schlafen.»

So etwas war für Hans neu. Das passte nicht in sein Weltbild.

Was er Erika denn alles erzählt habe?

«Dass du deine Wohnung gekündigt hast. Und dass du noch keine Bleibe hast. Und dass dir im Moment das Arbeiten stinkt. Dass du eigentlich gar nicht arbeiten musst. Weil du im Lotto gewonnen hast. Stimmt das wirklich?»

«Ja. Das stimmt. Alles stimmt.»

«Keine Angst. Dein Lotto interessiert mich nicht. Ich komme allein zurecht. Nur für den Fall, dass du auf blöde Gedanken kommen solltest. Ich fühle mich einfach allein. Bin es ja auch. Ausser dem Kind natürlich. Du kannst hier vorläufig einziehen. Bis du etwas gefunden hast. Du musst auch nichts zahlen dafür. Nur das Essen. Würde mich freuen. Etwas Abwechslung in mein Leben. So interessant ist das nicht, jede Nacht an der Bar.»

Hans wollte sich ein bisschen hinlegen und nachdenken.

«Du kannst dich im Wohnzimmer auf das Sofa legen. Du bist ja nicht so lang. Und dann denk nach, so lange du willst. Ich bringe jetzt Dirk zur Nachbarin. Die nimmt ihn mit zum Spielen. Die hat ein Mädchen. Etwa im gleichen Alter. Und da kann er dann auch gleich bleiben, bis ich nach Hause komme. Ist ganz praktisch. Und kostet mich nicht viel. Aber ob du bleibst, muss ich dann schon wissen, bevor ich einkaufen gehe.»

Das war eine lange Rede. Und eine freundliche. So viel Liebenswürdigkeit. Hans war ergriffen.

Einzug bei Erika

Hans packte seine Sachen. Die wenigen Möbel konnte er im Moment nicht gebrauchen. Wollte er auch gar nicht mehr haben. Erika wollte auch nichts davon. Also verschenkte er sie im Haus. Die meisten der Alten auf der gleichen Etage. Dafür half sie ihm beim Putzen. Das Geld für die Reinigungsfirma sparte er sich so und gab es Erika.

Überhaupt war Hans nun wieder etwas sparsamer geworden. Wenn er so sah, wie Erika lebte... Da befiel ihn ein schlechtes Gewissen.

Und so zog Hans bei Erika ein. Fürs Erste. Bis sich etwas finden würde. Und eine Stelle wollte er auch suchen. Er schämte sich vor Erika.

Und die Moral. Na ja, die Moral.

Kurz und heftig war sein Erlebnis als arbeitsloser Millionär gewesen. Unmoralisch?

Eine wundersame Fügung war es gewesen, dass die Mutter nur vom WC und vom Vater geredet und nichts gegessen und ihm den Appetit verdorben hatte. Und dass er deshalb zum ersten Mal im Leben in eine Bar gegangen war und Erika kennengelernt hatte. Und dass er so stinkbesoffen gewesen war, dass Erika ihn gleich zu sich mitgenommen hatte. Unmoralisch?

Vielleicht.

Hans wollte, was er in den vergangenen Wochen Übles getan, wieder gutmachen.

Er wollte auch dem Fredy telefonieren. Sich entschuldigen. Wieder einen Freund haben. Damit er wenigstens e i n e n hatte.

Lieber einen Mann, der hustet, im Bett, als gar keinen. So Erikas Devise.

Und lieber viel Geld als gar keines. So Hans Devise.

Und lieber rote Haare als gar keine.

Und lieber ein bisschen Moral als gar keine. Ein bisschen müsste reichen. Fand Hans.

«Hallo Fredy. Sind wir wieder Freunde?»

Das Telefongespräch war kurz.

Vier Stunden später im Café.

«Arbeiten? Nein, im Moment nicht. Immer noch auf der Suche.»

Wo er denn nun wohne? Und was er denn arbeiten wolle? Und was er mit seinem vielen Geld im Sinn habe? Und ob er sich noch keine Frau organisiert habe? Müsste ja kein Problem sein. Bei dem vielen Geld.

«Wollen wir nun blödeln? Oder wollen wir uns vernünftig unterhalten? Ich finde das alles ein wenig unverschämt. Was du da so fragst. Geht es dich etwas an?»

«Dann geht es mich halt nichts an. Dann kann ich ja gleich wieder gehen. Ist ja völlig uninteressant, hier herumzusitzen. Was wollen wir? Uns über den Geburtenrückgang der Waldameisen unterhalten?»

Hans kratzte sich am Kopf. Schaute ganz angestrengt. Am liebsten wollte er sagen, der Fredy solle ihm mal. Und er solle hin, wo der Pfeffer wächst. Und überhaupt sei er ein Arschloch. Aber von denen gebe es leider zu viele. Drum müsse er sich wohl mit dem einen hier abgeben.

«Was studierst du herum? Wer das Wasser bezahlen soll? Kein Problem.»

Fredy zückte sein Portemonnaie.

«So. Jetzt hör doch auf. Was soll das denn?»

«Das frage ich mich schon lange.»

«Ich schlage eine Schweigeminute vor. Damit wir zur Besinnung kommen. Das ist doch unmöglich.»

«Hast du einen Kurs in Mediation besucht?»

«Du bist ein Arschloch.»

Fredy stand auf und ging. Ohne zu zahlen. Ohne sich zu verabschieden.

Auch recht, dachte Hans. Dann lassen wir das eben.

Und er liess es. Und er unterliess es, Erika über das Geschehnis zu berichten. Sonst hätte sie wohl noch gedacht, Hans sei ein Arschloch. Oder es sogar gesagt.

Sollte er sich gut finden? Oder nicht? War er, wie man so sagte, im Recht? Ja, war er. Der Fredy war und blieb ein Arschloch.

Damit war das Kapitel Freunde für Hans erledigt.

Walter

«Wir werden sehen. Wir werden sehen. Wir werden sehen.»

Hans stand vor dem riesigen Pult. Wie der Kommandostand einer Raketenbasis sah es aus. Dahinter ein Winzling mit schwarzer Hornbrille.

Was war denn das für ein Spinner?

Der Spinner wollte ihm eine Wohnung vermieten. Hans wollte eine Anstellung als Sachbearbeiter für internationale Transporte.

Schief gelaufen.

«Nun. Wir werden nicht sehen. Gar nichts werden wir sehen. Ich suche nämlich keine Wohnung. Ich suche eine Stelle. Wie komme ich überhaupt hierher?»

«Durch die Haustür. Und dann durch die Wohnungstür. Und dann durch die Zimmertür.»

«Soso? Und da gehe ich jetzt wieder hinaus.»

«Das glaube ich nicht. Die ist nämlich zu. Geschlossen. Verstehen Sie? Hahaha.»

Knallkopf. Hans wurde das nun ein wenig ungemütlich.

«Sie können die Wohnung nehmen. Oder nicht nehmen. Wenn Sie sie nehmen, machen wir den Vertrag. Den unterschreiben Sie dann. Und dann können Sie mit dem Vertrag gehen. Wenn Sie sie nicht nehmen, machen wir keinen Vertrag. Und Sie können nicht gehen. Nicht ohne Vertrag. Verstehen Sie? Hahaha.»

«Hören Sie mit dem Unsinn auf. Oder ich haue Ihnen eine runter.»

«Das versuchen Sie ruhig. Zu I h r e m Nachteil. Spatzilein! Komm her.»

Ein grosser Dobermann kam durch die offene Balkontür.

Spatzilein hob die Lefzen und zeigte seine weissen Zähne. Dazu knurrte er unverschämt.

«Hat Spatzilein nicht schöne Zähnchen?»

Ein Irrenhaus. Kalter Schweiss rann über Hans Schläfe.

«Also, machen Sie den Vertrag.»

Es gab wohl keine andere Möglichkeit, diesem Idioten zu entkommen.

«Sehen Sie. Hab ich Ihnen doch gesagt. Wir werden sehen, was sie benötigen. Wir werden sehen. Habe ich doch gesagt. Wieso hören die Leute nicht zu? Sie benötigen eine Wohnung. Und eine Stelle in meiner Transportfirma bekommen Sie auch. Da machen wir auch gleich den Vertrag.»

«Nein. Da machen wir keinen Vertrag. Ich suche mir eine andere Stelle.»

«Aber nicht doch. Natürlich machen wir einen Vertrag. Das heisst wir machen zwei Verträge. Einen für die Wohnung, einen für die Stelle. Wie viel, sagten Sie, wollen Sie verdienen?»

«Ist mir doch egal. Machen Sie den Vertrag schon.»

Raus aus diesem Irrenhaus. Einfach nur raus.

Und Hans kam raus. Mit zwei Verträgen in der Tasche.

Und dann schnurstracks zum nächsten Polizeiposten.

«Da hockt ein Vollidiot in einer Wohnung an einem Astronautenpult und hetzt seinen Hund auf die Leute.»

«Ein bisschen genauer bitte. Und sagen Sie, was Sie wollen.»

«Ich will, dass diese Verträge vernichtet werden. Und dass dieser Spinner unschädlich gemacht wird. Der gehört versorgt. Den kann man nicht auf die Menschen loslassen.»

Drei Wochen später der Bericht. Ein ehemaliger Pfarrer sei das. Bei dem habe etwas ausgehakt. Er habe gemeint, er sei der liebe Gott. Deshalb habe man ihn entlassen. Vor acht Jahren schon. Nachdem er die Kirchgänger am Sonntag mit einem Schlauch abgespritzt habe. Weil sie sündig seien. Sie müssten von Sünde gereinigt werden. Seit da lebe er eigentlich unauffällig. Jetzt anscheinend nicht mehr. Er sei zur Untersuchung in der PUK, der Psychiatrischen Universitätsklinik. Der Hund sei im Hundeheim. Ganz ungefährlich. Das Sozialamt kümmere sich um den Herrn. Und den Hund.

«Kann ich ihn besuchen?»

«Wen?»

«Den Pfarrer natürlich. Sicher nicht den Hund.»

«Natürlich. Wenn er das auch will. Sie müssen sich einfach anmelden.»

Hans fühlte sich nicht gut. Hatte er diesem Mann das Leben verdorben? Wenn der jahrelang unauffällig gelebt hatte, war er ja auch nicht gefährlich. Vielleicht hatte der einfach einen schlechten Tag, als Hans bei ihm war. Der Mann tat ihm leid.

Nein, da müsse er sich keine Sorgen machen. Es sei wohl höchste Zeit, dass man sich um den Mann kümmere. Die Dame vom Sozialamt beruhigte Hans.

Ob der Mann denn tatsächlich eine Transportfirma und Miethäuser besitze, wollte Hans noch wissen.

Nein, besitze er nicht. Alles Spinnerei.

Hans ging nach Hause. Das hiess zurzeit interimistisch zu Erika.

Die hatte kein Verständnis für Hans Engagement. Und ums Himmels Willen solle Hans sich unterstehen, diesen Schafskopf zu ihr zu bringen. Hier habe der nichts zu suchen.

Hans ging zu dem Haus. Wollte das Büro noch einmal sehen. Die Wohnung war bereits geräumt. Die Handwerker waren am Renovieren.

Wie schnell das doch alles ging.

Hans besuchte Walter. Walter Hess, so hiess der ehemalige Pfarrer.

Walter freute sich sehr über Hans Besuche. Jedes Mal.

Hans solle sich um sein Geschäft kümmern, bat Walter. Bis er wieder zurück sei. Und er solle ihm eine Mieterliste bringen, damit er denen schreiben könne. Die müssten ja wissen, dass er in den Ferien sei.

Ja, Hans werde sich um das Geschäft kümmern.

Und Hans schrieb ein paar Namen auf eine Liste. Mutter, Vater, Erika, Fredy.

Walter übergab Hans einen Brief. Er sei in den Ferien. In den Bergen. Gesunde Luft brauche er. Die Leute sollen die Miete nicht vergessen. Er warte nicht gern aufs Geld.

Ob Hans den Brief versenden könne?

Hans brachte beim nächsten Besuch einen Brief von Erika mit. Sie wünsche dem Herrn Pfarrer schöne Ferien und gute Erholung. Und gute Luft.

Nun fand Erika das schon ein bisschen lustig. Allerdings nur, solange sie den Pfarrer nicht sehen müsse.

Beim nächsten Besuch war Aufregung auf der Abteilung. Walter war eingesperrt.

Ob Hans ein Verwandter sei?

Nein, sei er nicht.

Dann halt ein Freund?

Ja, ein Freund.

«Dann sagen Sie dem Pfarrer, er soll nicht die Menschen hier abspritzen. Das geht nicht mit den Patienten. Sonst müssen wir ihn entlassen. Oder versetzen.»

«Was haben Sie angestellt?»

«Ich? Habe ich etwas angestellt?»

«Wieso sind Sie eingesperrt?»

Jetzt lachte Walter.

«Ich habe dieses Pack gewässert. Gereinigt. Von ihren Sünden. Und getauft auch noch gleich.»

«Wie denn?»

«Unser Vater, der DU bist in ....»

Hans verliess das Zimmer. Was passiert sei, wolle er wissen.

Ein Mann in weissen Hosen und weissem Kittel und weissen Schwedenschuhen erzählte.

Der Pfarrer habe beim Spaziergang unten einen Gartenschlauch gesehen und damit die Patienten abgespritzt. Grosse Aufregung. Und Extradienst. Um die Patienten zu beruhigen. Sei irgendwie noch lustig gewesen. Aber gehe natürlich nicht.

«Einen schönen Abend wünsche ich Ihnen. Und sagen Sie Ihrem Freund, er soll das Taufen lassen. Hier muss niemand getauft werden. Und schon gar nicht mit dem Gartenschlauch.»

Die Suppe verliess beinahe Erikas Mund, als Hans ihr den Vorfall erzählte. Und Hans lachte schallend.

Walter werde nun in ein Männerheim gebracht. Dort werde man ihn in Ruhe lassen. Und mit dem Schlauch Leute abspritzen werde er dort nur einmal. Die anderen Bewohner würden ihm den Tarif dann schon durchgeben. Noch Fragen?

«Nur eine. Hat der Mann Verwandte?»

«Ja. Hat er. Aber die kümmern sich nicht um ihn. Seit seine Frau nicht mehr lebt. Und seit er spinnt. Das hat ungefähr zur gleichen Zeit angefangen.»

Wie lieblos über Walter geredet wurde. Und das waren Professionelle? Soziale? Wo blieb da die Moral? Oder ginge es da um mehr als bloss um Moral?

Hans besuchte Walter jeden Sonntag. Mehr ging nicht. Zu weit weg.

Und Walter freute sich immer sehr.

Und lebte bald nicht mehr. Akutes Herzversagen.

Kummer, dachte Hans. Zugrunde gegangen an Kummer. An Unmenschlichkeit.

Waren die Menschen so?

Da war ein Nachfolger von Walter. Ein Pfarrer mit wallendem Haar. Grau. Ein Berner Oberländer. Hans berichtete ihm.

«Jo. Dä sägit ihm ä schöne Gruess. Und er söll flissig bäte. Und ä kener Blödsinn mache. I ha kener Zyt für dert häre z'gah. Muess hiä minä Schöfli luege. Und ä Pfarrer wärdit diä detä ja ou ha. Oder? Hebit Sorg u blibit gsung.»

Der brauche keinen Pfarrer mehr. Der sei nämlich tot. Und unter den Boden bringe man den auch noch ohne Pfarrer. Hans werde sich darum kümmern. Schön solle das werden. Ohne geistliches Blabla. Aber mit Herz. Mit Menschlichkeit. Was er hier vermisse.

Wilde Zeit mit Erika

Sündige Menschen hatte der Walter abgespritzt. Sie reinigen wollen von der Sünde. Jetzt war er unter dem Boden. Das heisst seine Asche.

Sünde? Was war Sünde. Die Verletzung eines der zehn Gebote? Wohl schon. Und nur. Der Rest? Von Menschen gemacht. Sitte und Ordnung. Abgeleitet von den zehn Geboten.

Erika verstand davon nichts. Wollte auch nichts verstehen. Kein Interesse für Hans Gedankengänge. Nur, dass er das fünfte Gebot verletze, das interessierte sie. Du sollst deinen Vater und deine Mutter ehren.

«Wie soll ich das denn machen? Kann ich zwei Idioten ehren? Der Vater ein patriarchalischer Säufer und Grobian, der die Weiber und überhaupt die Menschen verachtet. Die Mutter eine devote Moralistin. Ihr grösstes Lebensglück ihr neues WC. Schwachsinn.»

Darauf konnte Erika keine Antwort geben. Ausser, dass ihre Eltern auch Knallköpfe seien.

Und da die beiden nun erklärtermassen, familiär betrachtet, von Knallköpfen umgeben waren, begann Hans zu fantasieren.

«Ich könnte meinem Alten ein Geschenklein machen. Eine Flasche Wein. Mit etwas Zyankali angereichert. Oder ihm eine Überdosis Heroin spritzen. Oder das Zeugs, das sie beim Elefantenfang benutzen. Kann auch Elefanten töten. Eine Elefantendosis Betäubungsmittel für meinen Alten.»

«Und, was dann?»

«Tot. Ganz tot.»

«Und die Mutter?»

«Stirbt von allein, wenn der Alte nicht mehr lebt.»

Hans erschrak ob seiner Rede.

Eigentlich brauche Erika gar nichts zu tun. Sie habe Ruhe vor den beiden. Schon seit Jahren.

«Seit Jahren? Wie alt bist du denn?»

«Eine unanständige Frage. Wie alt bist denn du?»

«Vierundzwanzig. Schon ein alter Mann.»

«Könnte man sagen. So, wie du aussiehst. Geschätzt hätte ich dich auf mindestens dreissig. Nun gut. Da bin ich uralt. Neben dir.»

«Wie alt?»

«Dreiunddreissig.»

«Na ja. Kein Problem. Du kannst ja noch Kinder kriegen.»

«Von wem?»

«Von mir.»

«Olala.»

«Hab mich an dich gewöhnt.»

«Und ich? Spiele dabei keine Rolle?»

Da war in ihm doch wieder der Vater durchgebrochen. Und der Lehrer Schweinhuber. Peinlich sei ihm das. Einfach so herausgerutscht. Zeuge wohl nicht von viel Anstand. Oder Respekt. Habe er halt zuhause nicht gelernt. Nur, dass die Weiber dumm und eigentlich überflüssig seien. Wenn sie eben nicht die Kinder zur Welt bringen müssten. Sehe er heute selbstverständlich anders.

«Ich habe dich nämlich sehr gern.»

«So? Ist das alles? Sehr gern? Die Nachbarin hat ihren Hund auch sehr gern.»

Hans war wohl doch nicht so bewandert in diesen Dingen. Er erinnerte sich an sein erstes Date. Blind Date sagte man dazu. Hatte er gelernt. Und erzählte er jetzt Erika. Da sei es eben auch in die Hosen gegangen. Er habe zuhause nicht gelernt, wie man mit Frauen umgehe. Nur, dass sie dumm seien.

«Hast du dich auch schon gefragt, ob nicht d u ein bisschen dumm seist? Oder halt dein Vater? Oder wer immer dir diesen Mist beigebracht hat?»

«Ja. Ich bin wohl ein bisschen dumm. In der Beziehung. Dann hilf mir doch. Wie sagt man das richtig?»

Sie schickte ihn aus dem Wohnzimmer. Er solle hinter sich die Tür schliessen. Dann solle er tief durchatmen. Und dann solle er wieder hereinkommen. Und dann falle ihm schon ein, was er sagen müsse. Falls er ihr etwas zu sagen habe.

Hans ging hinaus. Machte die Tür zu. Kam wieder herein.

«Also. Ich habe mit dir ein Hühnchen zu rupfen.»

Schallendes Gelächter.

«Was ist denn das für ein Blödsinn? Bin ich da im Kabarett?»

Hans wurde wütend.

«Was soll ich denn machen?! Herrgott noch einmal.»

«Da kann der Herrgott nichts dafür. Ich meine, dass du so ein Trottel bist. Dafür sind deine Eltern verantwortlich. Also, sag doch schlicht und einfach: ich liebe dich.»

Das konnte Hans nicht. Nicht auf Befehl.

«Liebst d u mich denn?»

«Ja.»

«Dann liebe ich dich auch.»

«Das ist ja wirklich kabarettreif. Das müsste man direkt ins Drehbuch schreiben.»

Erika wusste nicht, ob sie belustigt oder beleidigt sein sollte.

Am nächsten Tag kaufte Hans zwei Ringe. Gelbgold. Nicht zu teuer. Viel zu gross der Ring für Erika. Er passte an den Daumen, nicht an den Ringfinger.

Ob er sie denn gefragt habe? Das sei ja dann schliesslich so etwas wie eine Verlobung. Das müsse sie sich überlegen. Und Hans auch. Nichts überstürzen. Das habe sie lernen müssen. Und Hans müsse das auch noch lernen.

Man konnte doch nicht einfach so zusammenleben. Wie wenn nichts wäre. Das gehörte sich nicht. Das musste man doch irgendwie anständig regeln. Hans wusste nicht, wie er das Erika sagen sollte.

Und doch lebten sie nun auch schon einige Wochen zusammen. Und schliefen sogar im selben Bett. Und hatten es da mitunter ganz schön wild zusammen.

In der ersten gemeinsam verbrachten Nacht war Hans Männlichkeit aufgrund äusserer Ereignisse ausser Kraft gesetzt gewesen. Nicht weiter erstaunlich. Aber in den Folgenächten war seine Männlichkeit erwacht. Da war die Post abgegangen. Oder das Sperma. Zum ersten Mal im Leben war Hans klar geworden, dass ein menschliches Wesen nicht einfach über den Kopf funktionierte. Auch nicht, wenn es um moralisches Verhalten ging. Da brodelte und juckte es in ihm und wuchs es an ihm zu bisher nicht gekannter Dimension. Es war eine helle Freude. Jedenfalls fand Erika das. Und er fand es auch. Er war wie ein Tier. Ohne Sinn und Verstand. Ein Sklave seiner neu entdeckten Sexualität.

An seine mühseligen und nicht immer erfolgreichen Masturbationserlebnisse erinnerte sich Hans nicht gern. Und schon gar nicht an die schlechten Gefühle, die er jeweils hinterher gehabt hatte. Weil man das nicht tat. Hatte der Vater gesagt. Es sei unmoralisch. Und zudem greife es das Rückenmark an. Auch könne solch unsittliches Tun die Zeugungsfähigkeit beeinflussen oder gar gänzlich zerstören. Hans solle warten, bis er die Richtige gefunden habe. Vor allem keine Ungläubige. Und dann zur Freude des Herrn nur auf sie liegen, wenn es denn ein Kindlein geben sollte.

In diesen düsteren Erläuterungen hatte sich Hans Aufklärung erschöpft.

Rauswurf

Hans suchte nach einer grösseren Wohnung. Für ihn und Erika und den kleinen Dirk.

Ihre Stelle an der Bar solle Erika aufgeben. Das sei keine gute Sache. Er habe genug Geld für alle. Ordnung zuhause wolle er. Wie es sich gehöre.

Den Job kündigen wolle Erika erst, wenn die Verhältnisse geregelt seien. Endgültig geregelt. Und dazu brauche sie noch ein wenig Zeit. Einfach so drein schiessen wolle sie nicht. Es genüge ihr schon an der gemeinsamen Wohnungssuche. Im Moment.

Hans war damit nicht zufrieden. Erika gehorchte ihm nicht. Eine erste harte Erkenntnis.

Nach ein paar Wochen hatte Hans die Stellensuche aufgegeben. Nichts Passendes gefunden. So hatte er die Gründung eines eigenen Geschäfts beschlossen. Was, wusste er noch nicht.

Erika hatte eine Idee. Eine Bar könnte man auftun. Oder ein Restaurant. Oder ein Hotel.

Keine Bar. Unmoralisch. Fand Hans. Kein Restaurant, weil keine Fachkenntnisse vorhanden. Kein Hotel aus dem gleichen Grund. Abgehakt.

«Du lebst mit einer Frau, die einen unmoralischen Job macht? Und du willst sie auch noch heiraten? Sag einmal: spinnst du nun total?»

Der erste Vorehekrach. Hans ging in die nächste Kneipe.

Nach ein paar Stangen Bier verschwand sein Ärger. Er wurde sogar fröhlich. Quatschte alle an. Der Servierdame gab er einen Klaps auf den Hintern. Und sie ihm einen auf die Backe. Furchtbar lustig hatte es Hans. So lustig, dass bald die ganze Kneipe seine Geschichte kannte. Auch die unmoralische Tätigkeit seiner Beinaheangetrauten.

Und als er Bezahlung sämtlicher Getränke übernahm, wurde er gefeiert.

Am nächsten Morgen war Hans nicht nach Feiern zumute. Er lag im Treppenhaus. Vor der Wohnungstür. Er rappelte sich auf und drückte lange auf den Klingelknopf.

Die Tür ging auf. Sein Koffer flog ins Treppenhaus. Als er die Treppe herunter polterte, öffnete er sich. Die Treppe war übersät mit Wäsche, Rasierzeug und all dem anderen Kram.

Als Hans sich drehte, war die Tür wieder zu. Alles Klingeln half nichts. Hans rief nach Erika. Immer lauter.

Als die Nachbarin sich über den Lärm beschwerte, gab Hans auf. Er packte seine Sachen zusammen und verliess das Haus.

Zum zweiten Mal im Leben weg. Zuerst von zuhause. Jetzt von Erika.

«Das finde ich gar nicht lustig.»

Hans Vater hatte sich halb kaputtgelacht. Hans war empört. So empört, dass er sich verabschiedete.

Was den Vater nicht weiter bekümmerte. Jeder müsse im Leben dazulernen. Beim einen ginge das ein bisschen schneller und einfacher. Beim anderen ein bisschen länger und schwieriger. So wie halt bei Hans. Er wünsche ihm viel Glück bei der Hotelsuche. Und Weiber gebe es genug auf der Welt.

Hans logierte in einem bescheidenen Hotel in einem Zürcher Aussenquartier. Er verliess das Zimmer nur, wenn die Zimmerfrau zum Betten- und Reinemachen kam. Und zum Essen. Vollpension. Die Teller gingen halbvoll wieder zurück. Hans stocherte lustlos darin herum.

Die meiste Zeit lag Hans auf dem Bett und schaute an die Decke. Am liebsten bei gezogenen Vorhängen. Da war es nicht so hell. Zum Nachtessen bestellte er zwei Flaschen Rotwein. Blauburgunder aus dem Zürcher Weinland. Eine trank er am Tisch. Die andere nahm er auf sein Zimmer.

So vergingen die Tage und Wochen.

Eines Abends fragte ihn eine junge Dame, ob sie sich zu ihm an den Tisch setzen dürfe.

«Ja. Wenn's unbedingt sein muss.»

Nein, unbedingt sein müsse es nicht.

Und sie setzte sich. Eine Ausländerin. Französischer Akzent. Hübsch. Lange schwarze Haare.

Eine Stunde später lag der französische Akzent auf Hans. In Hans Bett.

Als Hans am Morgen erwachte, war er allein. Er griff sich an den Kopf.

Auf dem Nachttisch lag ein Zettel. „Je me suis servis de 400 Franken. Merci. Tout à l'heure.»

Was hatte er getan? Wie weit war er gesunken? Was war er für ein Mensch? War er überhaupt ein Mensch?

Er stellte sich vor, dass er in den Zoo ginge. Dass er dort nach einem Käfig fragen würde. Nach einem Käfig allein für ihn. Für eine neue zoologische Gattung, deren Namen noch unbekannt sei. Wissenschaftlich hochinteressant.

Hans musste lachen. Zum ersten Mal seit langem. Über sich. Und die Welt.

Moral. Was war das? Ein Konstrukt? Wer interessierte sich schon dafür?

«Sind Sie moralisch?»

Eine interessante Frage für den Herrn Pfarrer. Sehr interessant. Das müsse er sich einmal gründlich überlegen. Vielleicht werde er den Gedanken in die nächste Predigt einbauen.

«So lange kann ich nicht warten. Ich gehe zum Katholischen.»

«Nicht so hastig. Kommen Sie morgen wieder. Sagen wir um drei. Jetzt habe ich nämlich gleich einen Termin. Für die reformierten Lämmlein bin schliesslich ich zuständig. Nicht der Katholische.»

Hans kam nicht wieder. Antwort hatte er keine. Wollte er auch keine mehr. Bedenklich. Ein Pfarrer konnte auf eine einfache Frage nicht antworten.

Er ging auch nicht zum Katholischen. Der war wohl auch nicht besser als der Reformierte.

Nach einer Woche schrieb Hans einen Brief an die reformierte Kirchgemeinde. Des Wortlauts:

„Ich trete aus. In einem Verein, in dem nicht klar zu sein scheint, was Moral ist, habe ich nichts verloren. Dabei wird immer Moral gepredigt. Alles Gute."

Er bekam nie Antwort. Und er musste keine Kirchensteuer mehr bezahlen.

Verlobung

Hans wollte weg. Reisen. Sich ablenken. Hier würde er versauern. Und am Ende noch in den Zürichsee springen. Bei Nacht. Nein. Da würde er ersaufen. Wie eine junge Katze. Also lieber bei Tag. Damit er gerettet würde. Keine gute Option. So oder so.

Er kaufte sich einen schönen Koffer von Louis Vuitton. Und eine Fahrkarte nach Hamburg. Erster Klasse. Fliegen wollte er nicht. Davor hatte er Angst.

Von Hamburg verschickte er Ansichtskarten. Der Hafen, Möwen. Und grosse Schiffe. *Pott* sagten die Hamburger dazu, schrieb er. Eine Karte an den Vater, eine an die Mutter, eine an Erika, eine an Dirk. Das war Hans kleine Welt. Sie wurde auch in Hamburg nicht grösser.

Sehnsucht nach Erika habe er. Ob er wieder kommen dürfe? Sie müsse ihn nur anrufen. Dann steige er gleich in den nächsten Zug.

Erika rief nicht an. Also blieb er. Und schrieb noch einmal. Dieses Mal einen Brief.

Er sei jetzt nicht mehr so moralisch. Er habe gelernt. Und gemerkt, dass die Welt nicht moralisch sei. Von ihm aus könne sie in der Bar arbeiten, bis sie ins Altersheim komme. Es interessiere ihn nicht. Nur sie interessiere ihn. Sie fehle ihm.

Am nächsten Tag klopfte es an die Zimmertür. Er öffnete. Vor der Tür stand Erika. - Hatte Hans geträumt. Er war sauer. Erika konnte ja auch gar nicht da sein. Er hatte den Brief noch nicht einmal abgeschickt.

Nach einer Woche keine Antwort. Nach zwei Wochen auch nicht.

Dafür Hans zweimal sturzbetrunken. Eine Nacht hatte er auf der Polizeiwache verbracht. Weil er einen Hafenlotsen am Schnauz gerissen hatte. Erst losgelassen, als ihm der Kneipenwirt eine Flasche über den Kopf gezogen hatte. Er habe gemeint, es sei ein falscher Schnauz. Angeleimt. Erzählte Hans dem Polizisten.

Die Übernachtung kostete ihn hundertfünfzig Euro. Ohne Frühstück. Und zweihundert Euro Schmerzensgeld für den Lotsen. Damit er keinen Strafantrag stellte. Und dreissig Euro an den Wirt. Für eine Flasche Rum.

Das andere Mal brachte er die Besatzung eines Kutters zur Verzweiflung. Er hatte sich eine Karte für eine Fahrt zu den Seehundbänken gekauft. Und auf der Fahrt eine Unmenge Bier und Korn. Und als sie dann bei den Seehundbänken angekommen waren, wollte er partout einen Seehund mitnehmen. Er war so besoffen, dass sie ihn mit einem Seil an den Signalmast binden mussten.

Das kostete ihn zwar kein Geld, bescherte ihm aber ein feuchtes Erlebnis. Als sie wieder in Hamburg angekommen waren, schlief er so fest, dass nur ein Kübel Wasser seine Lebensgeister wieder zu wecken vermochte.

Nach drei Wochen stand sie in der Hotelhalle. Als Hans von einem Spaziergang an der Alster zurückkam. Hans war sprachlos. Und noch sprachloser, als ihm Erika eine saftige Ohrfeige verpasste.

«Das ist für dein Benehmen. Und eine Warnung für die Zukunft. Ich lasse mir von dir nicht alles gefallen. Mit oder ohne Moral. Ist mir egal. Verstanden?»

Hans nickte. Und schaute um sich. Niemand schien von der Szene Notiz zu nehmen. Vielleicht war man so etwas gewohnt. Sollte er ihr eine zurückhauen? Er liess es lieber bleiben.

«Dirk ist bei der Nachbarin. Ich habe eine Woche Ferien. Also, was machen wir?»

Am nächsten Tag kauften sie sich Ringe. Weissgold.

Verlobung feierten sie im Schulauer Fährhaus. Mit Willkomm-Höft und Scholle mit Speckstippe. Und einer Flasche Riesling. Gegenseitig steckten sie sich die Ringe an die Finger. Die leere Schachtel warfen sie in die Elbe.

Die Nacht war geschichtsträchtig. Jedenfalls für das Hotel. Und vermehrungsverdächtig.

Was denn da los gewesen sei bei ihnen in der vergangenen Nacht? Der Hoteldirektor schien entrüstet. Mehrere Gäste hätten sich beschwert. Jodeln wäre ja noch gegangen. Aber diese Schreie. Man habe nicht gewusst, ob man die Polizei alarmieren müsse.

«Wir haben uns gestern verlobt.» Erika strahlte den Direktor an.

«Und wir laden heute Abend alle zu einem Apéro ein. Auch das Personal.» Hans strahlte nicht weniger.

«Richten Sie das für uns her? Mit Zutaten natürlich. Nicht zu wenig. Und nicht zu billig. Ich lasse mir das etwas kosten. Und ich zahle zum Voraus. Falls Sie es nicht glauben.»

Nicht ein rauschendes Fest war es an dem Abend. Aber ein lautes Zusammensein. Und Anstossen. Und Glückwünschen.

«Aha. Wenn wir das gewusst hätten, hätten wir doch nicht reklamiert.» War etwa zu hören.

Oder «So hübsche junge Leute. Wie schön!» Wobei mit „hübsch" wohl eher Erika gemeint war.

Und der alte Lustmolch mit der verschmitzten Visage. «Ja ja. Die jungen Leute.... Was die heute so alles machen im Hotel...»

Umzug

Hans räumte sein Hotelzimmer und zog wieder bei Erika ein.

Zwei Monate später ging das Packen los. Umzugsvorbereitung. Eine riesige Fünfzimmerwohnung im Kreis drei stand leer. Altbau. Frisch renoviert. Neue Küche, neues Bad. Dusche separat. Aussicht über die ganze Stadt.

Mit drei Menschen eine so grosse Wohnung bewohnen. War das moralisch?

Eine rhetorische Frage. Erika scherte sich nicht darum. Und Hans interessierte das gerade auch nicht.

Und Dirk pinkelte nach dem Einzug erst mal demonstrativ auf den Flurboden. Und lachte dazu unverschämt. Also steckte ihn Hans wieder in die Gummihosen. Wobei ihm Dirk die Brille vom Kopf schlug.

Erika war bei der Arbeit. In der Bar. Da werde sie vorläufig auch bleiben.

Hans war überfordert. Er hatte kein Flair für Kinder. Er verstand Dirks Possen nicht. War immer gleich beleidigt. Oder wütend. Oder frustriert. Je mehr er das zeigte, desto mehr wurde er von dem Kleinen veralbert. Und Erika lachte dazu. Falls sie zugegen war. Oder wenn Hans rapportierte.

Eines Tages platzte Hans der Kragen.

«Um wen geht es eigentlich hier? Um dieses unmögliche Geschöpf oder um mich?»

„Geschöpf" wolle sie zum letzten Mal gehört haben. Andernfalls er in seiner schönen Luxuswohnung allein glücklich werden könne. Jedenfalls ohne sie und Dirk. Und den Ring könne er dann auch gleich zurückhaben. Und jetzt gehe sie in den Ausgang. Und er könne in der Zeit auf Dirk aufpassen. Zur Strafe. Und dabei könne er sich mal ein paar moralische Gedanken machen. Über den Umgang mit Menschen. Wozu sie auch Dirk zähle. Und sich selber.

Hochzeit

Sagte der Verlobte zwei Tage vor der Hochzeit zum Freund: Ich kann nicht heiraten.

Wieso?

Weil ich eine Wette abgeschlossen habe.

Was für eine Wette?

Dass ich in der Kirche nicht Ja sagen darf. Sonst muss ich fünftausend Franken zahlen.

Dann frag doch den Pfarrer.

Zum Pfarrer: Ich müsste morgen heiraten. Aber ich kann nicht.

Wieso?

Weil ich in der Kirche nicht Ja sagen darf. Sonst muss ich fünftausend Franken zahlen.

Kein Problem. Überlassen Sie das mir.

Am nächsten Tag in der Kirche: Willst du den hier anwesenden Bräutigam zu deinem Mann nehmen?

Sie, strahlend: Ja.

Hast du etwas dagegen?

Er: Nein.

Den Witz fand Erika nicht lustig. Sogar ziemlich blöd. Eigentlich unmöglich.

«Wieso?»

«Weil ich nicht einen Mann heiraten möchte, der nichts dagegen hat.»

Sie heirateten dennoch.

Sogar Hans Eltern waren anwesend. Vor der Kirche, in der Kirche, nach der Kirche.

Vor der Kirche umarmte der Vater Erika. Etwas länger, als es Hans lieb war. Und küsste sie. Etwas mehr, als es Erika lieb war.

In der Kirche hielt die Mutter den quakenden Dirk auf dem Schoss. Der Vater machte ihm blöde Grimassen. Worauf das Quaken weiterging.

Nach der Kirche kramte der Vater das Hochzeitsgeschenk aus einer Ledermappe. Die Bibel. Deutsche Übersetzung von Martin Luther. Schwarzer Einband. Goldschnitt.

«Damit du bei Sinnen bleibst. Ein anständiges Leben führst. Im Gedenken an deine Eltern und die Erziehung, die sie dir gaben.»

Der Vater knallte die Heilige Schrift auf den leeren Teller vor Hans. Der Teller zerbrach in zwei Teile.

Der Kellner brachte einen neuen.

Erika erhielt ein nicht so teures Parfum in der Papiertüte einer bekannten Discount Parfümerie.

Sie bedankte sich höflich. Wie es sich gehörte.

Die Mutter lachte einfältig dazu.

Dirk kroch auf dem Boden herum und krähte fröhlich vor sich hin.

Das Viergangmenü war in einer Stunde verschlungen. Auf dem kleinen Beitisch standen zwei leere Champagnerflaschen und drei leere Rotweinflaschen. Alle hatten rote Backen. Und die Mutter sang „Oh du fröhliche".

«Sie trinkt halt sonst nur Tee.» Die Erklärung des Vaters. An den lachenden Kellner gewandt.

«Und mir können Sie noch einen anständigen Schnaps bringen. So einen von Italien. Einen Doppelten.»

Bevor auch der Vater noch zu singen begann, verlangte Hans die Rechnung und schlug Abbruch der Veranstaltung und Aufbruch vor.

Soviel zur Hochzeit von Hans und Erika.

Hochzeitsreise

Die Schweizer Grossbank schickte ein grosses Blumenarrangement. Mit besten Glückwünschen zur Vermählung. Und einer Einladung für Hans und Erika zu einer Opernaufführung nach Verona. Samt Reise und Unterkunft. Plus Taschengeld.

Erika war die Sache nicht geheuer. Sie fand das völlig übertrieben. Wer das denn bezahle? Sicher nicht die Herren Bankdirektoren. Nein, die kleinen Sparer. Und die armen Schuldner. Mit den Gaunerzinsen.

«Wenn wir das nicht annehmen, geben sie es einem anderen. Und die Sparer bleiben. Und die Schuldner auch.»

«Wer hat da Vorträge gehalten von wegen Moral? Wenn alle so denken wie du, ändert sich nichts. Die einen füllen sich die Taschen immer mehr. Und die andern, die Gewöhnlichen, die armen Schlucker, die bezahlen dafür. Und schauen zu, wie's denen gut geht. Den Grossen bei der Bank. Und den Reichen mit ihrem Geld auf der Bank.»

«Die Bank arbeitet mit meinem Geld. Nicht mit den paar Franken von Herrn Bünzli und Co. Und mit meinem Geld verdient sie auch. Nicht nur ich. Und darum bekomme ich ein Geschenk. Damit ich nicht zu einer anderen Bank gehe. Ist doch simpel. Oder?»

Erika war nicht einverstanden. Und erstaunt über Hans. Und noch nicht entschlossen, ob sie zur Oper nach Verona reisen wolle. Auf Kosten der Schweizer Grossbank. Und der Kleinsparer. Und der Handwerker, die einen Kredit für eine neue Maschine brauchten. Und überhaupt.

Sie reisten dann doch nach Verona, die beiden Neuvermählten. Und sie schliefen in dem Fünfsternehotel. Und sie nahmen die fünfhundert Euro Taschengeld und gaben sie aus. Und sie besuchten die Oper und fanden sie wunderschön. Und sie wollten am liebsten noch etwas bleiben. In dem schönen Hotel in Verona. Und taten es. Auf eigene Kosten. Bis Erika das Kind fehlte. Ihr Dirk. Nach zwei Tagen.

«Was ist denn das für eine Hochzeitsreise? Können wir nicht einmal ein paar Tage ohne Dirk unterwegs sein? Ich dachte, wir fahren noch nach Venedig. Wenn wir schon einmal hier sind.»

«Davon, was eine Mutter für ihr Kind fühlt, verstehst du wohl nichts. Dirk habe ich zum ersten Mal in seinem Leben allein gelassen. Und damit reicht es jetzt.»

Erika kannte ihren Mann nicht mehr. Den moralischen Menschen, den herzensguten, sozial gesinnten, einfühlsamen und was er sonst an Attributen sich selbst noch gönnte.

«Du bist ein Egoist. Das bist du. Du würdest gescheiter etwas weniger von deiner Moral quatschen und etwas weniger egoistisch denken. Toller Mensch, der du bist. Oder zu sein glaubst.»

Das wirkte. Hans brach in Tränen aus. Und nahm einen grossen Schluck aus der Whiskyflasche. Und verschluckte sich. Am Whisky. Oder an den Tränen. Oder am Nastuch, das er sich aus Protest in den Mund gesteckt hatte. Und auf dem er herumbiss wie ein Irrer.

Bis ihm Erika eine runterhaute.

«Das ist ja nicht zum Aushalten. Soll ich dir Windeln holen?»

Nun erstarrte Hans zur Salzsäule.

Zur Oper waren sie nach Verona gekommen. Und mit ihrer eigenen Oper nahm der Aufenthalt ein abruptes Ende. Die Szene war an Tragik nicht zu überbieten. Fehlte nur noch, dass Hans *Brennend heisser Wüstensand* sang.

Junger Ehemann

In den folgenden Monaten bemühte sich Hans, ein anständiger, moralischer, fürsorglicher und verantwortungsvoller Ehemann zu werden. Vor allem ein Mann. Aber nicht einer wie der Vater.

Dass er davon noch weit entfernt sei, hatte ihm Erika auf der Heimreise von Verona in aller Deutlichkeit klargemacht. Und dass sie nicht gedenke, mit einem solch unreifen Schnuderi alt zu werden. Und seinen frauenverachtenden Vater könne er sich an den Hut stecken. Mit dem wolle sie nichts mehr zu tun haben. Und Dirk wolle sie den schon gar nicht zumuten. Und das habe sie bereits bei der Hochzeit beschlossen. Nur noch nichts gesagt habe sie. Dem Frieden zuliebe.

Und wenn man schon bei der Hochzeit sei, so etwas Lächerliches habe sie in ihrem bisherigen Leben weder erlebt noch gehört. Wie er überhaupt dazukomme, sie wegen ihrer Arbeit in der Bar dermassen herabzutun. Wenn sie ihn und seine Familie betrachte, komme ihr nicht nur das Grausen. Nein, da komme es ihr auch noch hoch.

«Frauenverächter, Egomanen, Heuchler, Lügner seid ihr. Keine Männer. Obwohl ihr das meint. Nein. Schlappschwänze mit einer grossen Röhre und null Anstand. Obwohl ihr immer von Moral und solchem Zeugs daher schwafelt. Pfui Teufel!»

Das waren die abschliessenden Worte im Zug. Kurz nach Mailand. Und von da an war von Erika kein Mucks mehr zu hören. Bis zur Ankunft in Zürich. Ein Wunder, dass sie wenigstens mit Hans ins gleiche Taxi stieg.

Hans war niedergeschlagen. Wusste gar nicht, wie ihm geschah. So schwierig hatte er sich das nicht vorgestellt. In Erinnerung an seine sanftmütige Mutter.

„Such dir ein Weib. Es hat genug davon. Und die sind alle froh, wenn sie einer nimmt." Worte seines Vaters. Er hatte ihm alles geglaubt. Hatte gemusst. Gar keine andere Wahl gehabt.

Die Wirklichkeit zeigte sich Hans nun ein wenig anders. Es war eine neue Welt. Sie war ihm nicht bekannt. Wer wollte ihm da helfen? Wer konnte ihm da helfen?

Hans betete fleissig. Heisst, jeden Abend. Im Geheimen. Er suchte Arbeit. Er half Erika im Haushalt. Er ging mit Dirk spazieren. Er trank nur noch selten Alkohol. Er sprach nicht über Frauen. Auch nicht über seine Eltern. Schon gar nicht über seinen Vater. Er las Bücher. Er ging mit Erika aus. Ins Kino. Ins Schauspielhaus. Einmal sogar in die Oper. Und in die Tonhalle. Auch Jazzkonzerte standen auf dem Programm. Und Open-Air-Konzerte.

Hans liebte Erika. Er wollte sie nicht verlieren.

Erika honorierte seine Bemühungen. Sie lobte ihn. Sie liebte ihn. Es gab Sex schon vor dem Frühstück. Und manchmal vor dem Nachtessen. Oft noch vor dem Schlafen. Hans war gefordert. Manchmal schon fast etwas überfordert.

«Du bist ein geiler Bock. Und hast einen geilen Schwanz», sagte Erika eines Tages.

Hans erschrak höllisch. Verbotene Worte. Vom Teufel, hatte die Mutter gesagt. Und der Vater ihn aufs Maul gehauen, als er eines Tages gefragt hatte, ob nur die Männer einen Schwanz hätten. Und in der Schule hatte er jeweils einen roten Kopf bekommen, wenn die Buben so geredet hatten. Und hatte sich entfernt. Und er selber hatte das Wort nie wieder in den Mund genommen. Und jetzt Erika. Er konnte es nicht fassen.

«Hallo. Hat es dir die Sprache verschlagen?»

«Nein nein. Wo hast du denn das gelernt?»

Schallendes Gelächter. Fertig mit Sexstimmung. Erika drückte ihm einen Kuss auf die Stirn und holte die angebrochene Flasche Weisswein.

Am nächsten Abend sagte Hans «Du hast einen knackigen Arsch. Und scharfe Möpse. Und eine geile Fotze. Wollen wir ficken?» Jetzt stand Erika mit offenem Mund da.

«Nanana. Nicht gerade übertreiben. Wo hast du denn die Ausdrücke her? Doch bestimmt nicht von deinem Vater.»

In den kommenden Wochen wurde Hans aufgeklärt. Wie man kopulierte, das wusste er ja bereits. Nur nannte er es jetzt Ficken. Oder Vögeln. Oder Bumsen. Und er fühlte sich herrlich dabei. Aber was man vorher und nachher noch alles so machen konnte, war paradiesisch. Und erstaunlich. Und wie das alles so hiess und aussah ebenfalls. Von ganz nahe durfte er Erika anschauen. Alles. Und er lernte, dass man es auch schön haben konnte ohne zu kopulieren. Oder zu vögeln. Oder zu ficken. Oder zu bumsen.

Hans wurde ein zärtlicher Mann. Ein wilder auch. Im Bett. Auf dem Sofa. Auf dem Teppich. In der Küche.

Ob er seine Triebhaftigkeit auch vom Herrgott bekommen hatte? Ja, dachte er. Und so war das ja dann auch moralisch. Schliesslich war es ja auch schön. Und was schön war, das konnte nicht schlecht sein.

Rücksichtsvoll. Hilfreich. Beim Spazieren, beim Einkaufen, im Ausgang, bei Tisch. Hans war ein guter Ehemann. Und Vater. Dirk sein Fan. Nicht nur, weil Hans ihm jede Woche ein Spielzeug brachte. Wenn auch zumeist nur ein ganz kleines. Nein, weil er mit Dirk spielte, ihm Geschichten erzählte. Mit ihm in den Zoo ging.

Veränderung war angesagt. Hans trat eine Stelle als Disponent in einem Möbelhaus an. Wurde sehr gefordert. Und dabei sehr nervös.

Er hatte nicht mehr so viel Zeit für Dirk. Und auch nicht für Erika. Und für sich schon gar nicht. Kam abends müde nach Hause und war froh, wenn er zu Bett gehen konnte.

Die Wochenenden wurden langweilig. Keine Power. In der Stube herumhocken und Zeitungen lesen. Oder auch nicht. Gar nichts machen. In die Luft gucken. Oder in die Glotze.

Fertig mit Beten. Kirchgang war sowieso nicht angesagt. Hatte er auch schon früher nicht gemacht.

Trotzdem ein anständiger Mensch. Anständig zu Erika, zu Dirk. Zu seinen Kollegen auch. Und den Untergebenen. Und zu seinem Chef. Auch wenn der nicht immer so anständig war. Glaubte jedenfalls Hans. Denn die Geschäfte, die der Chef nebenbei noch so trieb, hatte Hans nicht übersehen. Und dass er die Leute von der Kantonalen Verwaltung zum opulenten Ess- und Trinkgelage einlud, als ein grösserer Auftrag anstand, ebenfalls nicht.

Der Chef erzählte ihm dann von dem schönen Auftrag, den er erhalten habe. Nach dem Abendessen neulich. Und Besuch in einer Bar. Wo die Damen den Whisky oben ohne herumgetragen hätten. Eiswürfel habe man ihnen deshalb nicht oben hineinstecken können. Was aber angesichts der Fleischespracht nicht als nachteilig empfunden worden sei.

Hans platzte der Kragen. Er sagte dem Chef, er solle seine blöde Schnorre halten, sonst kaufe er ihm den Scheissladen gleich ab.

Hans könne sein Pult räumen und alles da lassen, was ihm nicht gehöre. Und gehen. Und sich hier nie wieder blicken lassen. Andernfalls ihm der Chef seinen Bullterrier nachhetzen werde. Der habe das Tischbein des Nachbarn durchgebissen, als er ihn mit der Leine daran angebunden habe. Und da stelle sich Hans doch mal vor, was mit seinem jämmerlichen Schienbein oder seiner Arschbacke passieren würde. Den Lohn für diesen Monat werde er ihm überwiesen. Auf mehr habe er keinen Anspruch. Er sei nämlich fristlos gekündigt.

Zum zweiten Mal im Leben rausgeworfen.

Nein, ein Versager sei er nicht. Erika beruhigte Hans. Er habe recht gehabt. Er müsse sich nicht alles bieten lassen. Und nicht allem zusehen. Ohne etwas zu sagen. Das sei eben das Problem. Dass alle nur zusähen. Und keiner habe den Mumm, etwas zu sagen. Auch wenn es noch so dreckig zu und her gehe. Und überhaupt sei sie froh, ihn wieder ein wenig mehr zuhause zu haben. So schön sei es nämlich auch nicht gewesen in den letzten Monaten.

«Aber ich muss doch arbeiten. Ich kann doch nicht einfach zuhause herumsitzen. Das ist unmoralisch. Das können andere auch nicht. Die müssen doch ihr Geld verdienen.»

«Dass du Geld hast, ist ja nicht deine Schuld. Aber du hast es nun einmal. Und dann kannst du ja zwischendurch auch mal für deine Familie da sein. Das ist doch auch eine Leistung. Und auch etwas Gutes. Und dann kannst du dir in Ruhe überlegen, was du machen willst. Was du arbeiten willst, meine ich.»

Das leuchtete Hans ein. Ja. So betrachtet, fand er das auch moralisch. Er würde ja nichts Schlechtes tun.

Mutter tot

Die Mutter brauche das WC nicht mehr. Sie sei tot. Wenn Hans wolle, könne er sie noch einmal anschauen, bevor sie in den Ofen komme. «Der Herr hat es gegeben. Der Herr hat es genommen. Amen.»

Anruf des Vaters am frühen Morgen. Hans in mittelschwerem Schockzustand.

Den Kaffee leerte er ins Spülbecken. Das Weggli warf er zum Fenster hinaus. Er suchte nach etwas. Irgendetwas, das er auch noch hinauswerfen konnte. Die Kaffeekanne musste dran glauben. Der Wurf war zu heftig. Die Kanne landete auf dem Trottoir anstatt im Garten.

Es klingelte.

«Haben Sie ein Problem? Oder sonst nicht alle Tassen im Schrank? Oder alle Kannen?»

Der Mann hielt Erika ein Fragment der Porzellankanne vor die Nase und schwenkte es hin und her.

Hans flüchtete auf die Toilette. Und liess sich nicht mehr blicken.

«Könnte es sein, dass du da drin sitzt und dich fragst, wem die Kaffeekanne an den Kopf geflogen ist? Und wäre es vielleicht möglich, dass Dirk die Toilette benutzen darf? Er muss gleich zur Schule gehen. Wohin du ihn ja begleiten möchtest. Du bist jetzt eine halbe Stunde da drin. Oder hast du etwa Durchfall?»

Ein bleicher Hans erschien im Flur. Die Augen gerötet. Wortlos.

«Was ist los mit dir?!?»

«Mutter ist tot.»

Dirk ging nicht zur Schule. Der Kannenwurf war abgehakt. Alle drei machten sich auf den Weg zu Müller senior.

Die Mutter lag auf dem Bett. Die Augen geschlossen. Die Hände gefaltet. Auf dem Kopf eine Nachthaube. Gekleidet in ihr weisses Hochzeitskleid. Zwar etwas altmodisch. Aber strahlend weiss.

So habe sie das haben wollen. Schon vor Jahren habe sie das gesagt. Immer wieder. Das Hochzeitskleid. Und die Nachthaube auf den Kopf. Damit man den Haarausfall nicht sehe. Wieso jemand so oft vom Tod sprechen könne, verstehe der Vater gar nicht. Nun sei sie tot. Kein Wunder, wenn man so viel davon rede.

Erika nahm den Vater an der Hand und führte ihn in die Stube. Damit Hans noch ein wenig mit der Mutter allein sein könne.

Ob denn die Oma ganz tot sei? An seiner Taufe habe sie doch noch gesagt, sie freue sich schon auf die Konfirmation. Dirk schaute den Opa mit grossen Augen an.

«Natürlich ist sie tot. Man kann nicht ein bisschen tot sein. Wenn man tot ist, ist man tot. Ganz tot. Was bist du bloss für ein Trottel?»

Erika sah es dem Alten nach. Für dieses Mal. Unter diesen Umständen. Und schickte Dirk hinaus. Er solle draussen warten. Sie kämen bald nach.

Müller senior holte sich einen Schnaps aus dem Buffet.

Eine Woche später war die Urne im Boden versenkt. Einen Grabstein würde Hans bezahlen. Der Vater solle ihn aussuchen. Für ein Familiengrab.

Nach Mutters Tod

Sie lebten und sie lebten und sie lebten. Die Jahre vergingen. Die Falten kamen. Die Haare wurden grau. Die Bizeps schlaff. Der Bauch ebenfalls.

Hans war seit dem Rauswurf aus dem Möbelhaus selbständiger Geschäftsmann. Das heisst ein Jahr hatte er pausiert. Und von da an selbständig gearbeitet. Er handelte mit Rohstoff, vorzüglich Kupfer.

Erika betrieb ein Seniorencafé. Seit zehn Jahren. Öffnung erst am Nachmittag. Kuchen und belegte Brote, genannt Kanapees wurden angeboten. Dirk hatte jeweils nach der Schule zu ihr ins Café kommen und dort seine Hausaufgaben erledigen können. Manchmal auch auf der Gitarre üben. Zur Freude der Alten. Bis zum Lehrbeginn. Da war Ende mit Gitarrenspielen. Und Ende mit Hausaufgaben im Café bei den Alten.

Kaufmann hatte er werden wollen. Wie sein Vater. Sein Adoptivvater.

Und Kaufmann war er geworden. Staatlich geprüft.

Dirk war zu einem hübschen jungen Mann herangewachsen. Auf Hans ausdrücklichen Wunsch war er mit zehn reformiert getauft und mit sechzehn konfirmiert worden. Die Bedingung zur Adoption. Dirk Müller hiess er seit da. Und würde dereinst rechtmässiger Erbe von Hans sein.

Weitere Anwärter – an Anwärterinnen hatte Hans schon gar nicht gedacht - waren ausgeblieben.

Weil er zeugungsunfähig sei, hatte Erika zu Hans gesagt.

Weil bei ihr da unten eine Leitung geplatzt sei, hatte Hans zurückgegeben.

Und bevor man ärztliche Beweisführung herbeigezogen, hatte man sich für ein Eheleben ohne weitere Kinder entschieden.

Was eigentlich schade um seine guten Gene sei, hatte Hans dazu nur noch gemeint.

Was der Gesellschaft keinen tiefschürfenden Schaden zufügen werde, Erika zurückgegeben.

Dirk arbeitete seit seinem erfolgreichen Lehrabschluss bei Hans. Kaufte und verkaufte Kupfer. Und anderes. Zum Beispiel Getreide. Was eben gerade aktuell war und Geld einbrachte.

Geld besassen die Müllers viel. Und ein schönes Haus am Zürichberg. Oder eine Villa eher.

Ja, das Geld hatte sich vermehrt. Auf der Bank. Und durch Hans Handelsgeschäft.

Da man sich aber in der Familie Müller nach dem Satz aus der Schöpfungsgeschichte Moses „Seid fruchtbar und mehret euch" nicht vermehren könne, wolle man doch wenigstens das Geld vermehren. Sagte Hans jeweils bei guter Laune am Sonntagsmittagstisch.

Und sein hustender Vater hustete noch mehr und verlangte nach einem zweiten Glas Wein. Oder einem dritten. Oder vierten. Und wenn er dann genug Wein getrunken hatte, nannte er Hans einen Eunuchen.

Und Hans erwiderte, er solle sein gottverdammtes Maul halten. Andernfalls er ihm eine drauf hauen werde.

Und Erika sagte etwas von Kultur und Tischsitten.

Und Dirk lachte sich halb kaputt.

Und Opa Müller wurde entsorgt. Heisst, wieder ins Altersheim zurückgefahren. Wozu mangels verlässlicher Kontinenz des Alten nicht der schöne Jaguar, sondern der alte Renault Clio von Erika verwendet wurde. Nicht, ohne dass Erika den Beifahrersitz vorher mit einem Plastiktuch abgedeckt hatte.

«Weit ist es mit dir gekommen. Weit. Hätte das deine Mutter noch erlebt. So viel Geld. Und kein Anstand. Keine Moral. Keine Gottesfurcht. Nur wüste Reden. Und nicht einmal einen Nachkommen. Einen echten Müller meine ich. Oh Gott, wieso hast DU mich so gestraft?»

Und wenn der Alte, mit seinem Klagelied fertig war, waren sie im Altersheim angelangt. Und Hans stiess ihn vor sich her zum Eingang. In den Lift. Ins Zimmer im vierten Stock.

Gar nicht so billig hier, rief Hans seinem Vater hin und wieder in Erinnerung.

Sein Vater. Sein moralischer, frommer, weiberhassender Vater. Er ging gegen die Neunzig und wollte eigentlich schon längst unter dem Boden sein. In dem schönen Familiengrab. Unter dem teuren Stein. Sagte er. Glaubte Hans ihm aber nicht.

Wenn einer unter den Boden wolle, dann komme er auch unter den Boden. Der Vater solle zufrieden sein und dankbar, dass sein freches Mundwerk noch funktioniere. Wozu auch das Gehirn gehöre. An dessen wirklicher Tauglichkeit er allerdings berechtigte Zweifel hege. So blöd, wie er manchmal daherrede.

Und wenn dann die Nettigkeiten ausgetauscht waren, nahmen die beiden noch einen Grappa an dem kleinen runden Tischlein.

Und Hans wartete, bis der Vater im Stuhl schnarchte und verliess den Ort der Betrübnis, bevor er depressiv wurde.

Menschen

Ein Mann geht am Sonntag zur Kirche. Vorher hat er gejoggt. Dann hat er einen frisch gepressten Orangensaft getrunken und sein Müsli gegessen.

Das hat ihm seine Frau bereitgestellt. Nicht ganz freiwillig. Aber schliesslich musste sie für reiche Ernte aus schummrigen Geschäften ihres Ehegatten und daraus resultierender Finanzierung ihrer beachtlichen Einkäufe auch eine Kleinigkeit leisten. Wenn's denn sonst nicht mehr sein sollte. À la bonne heure.

Und der Mann ass also sein Müsli und trank seinen Orangensaft und stieg in seinen Bentley und fuhr zur Kirche. Nicht zu nahe. Nicht, dass der Pfarrer noch auf die Idee hätte kommen können, ihn, als sehr reichen Mann, zu ausserordentlichen karitativen Leistungen anzuhalten. Oder vielmehr zu nötigen. Denn, was sich da die Kirchendiener leisteten, grenzte manchmal schon an Nötigung. Empfand wenigstens der Mann, von dem hier die Rede ist.

Also regelmässig am Sonntag zur Kirche. Und stand auf zum Gebet. Und sang „So nimm denn meine Hände und führe mich, bis ....". - Dass das Ende des Mannes dann so selig sein würde wie im Lied gewünscht, darf bezweifelt werden. - Und warf etwas in den Kollektentopf. Etwas war in der Regel ein Zwanzigernötlein. Er hielt es zuerst hoch in die Luft, bevor er es im Schlitz versenkte. Damit es ja niemand übersehen würde. Am Ausgang drückte er dem Pfarrer die Hand und wünschte einen gesegneten Sonntag.

Und ging zu seinem Bentley und holte seine Frau ab. Vielleicht auch noch seinen Sohn. Oder seine Tochter. Oder beide. Oder mehr, wenn es mehr waren. Auch den Hund. Und fuhr mit allen zu einem der Köche, die ihre Michelin-Sterne und Gault-Millau-Punkte an die Fassade geklebt hatten.

Am Montag handelte er wieder mit Aktien und Derivaten und Rohstoffen und Edelmetallen. Und beschiss die Pensionskassen und andere Vermögende und bestach Beamte und Politiker und beteiligte sich an anderen korrupten Schweinereien. Und kaufte sich hie und da ein Haus. In Südfrankreich. Oder auf Sardinien. Oder auf Sylt. Und feierte sich als erfolgreichen Unternehmer und wertvolle Stütze der Gesellschaft. Oder liess sich feiern von denen, die sich unter ihresgleichen feierten.

Und er vermehrte sich und sein Vermögen. Zum Wohle der Gesellschaft.

Das war der homo moralicus. Der Nachfahre des homo erectus. Oder der direktere Nachfahre des homo sapiens. Die aus langjähriger Menschheits- und Kulturgeschichte entstandene Kreatur.

Wer dieses Modell entworfen hatte? Der ausser Rand und Band geratene Kapitalismus des einundzwanzigsten Jahrhunderts. Die Wohlfühl- und Wohlstandsgesellschaft des angebrochenen zweiten Jahrtausends.

Hans hatte das Geschichtlein in einem Wochenendblatt gelesen. Von einem stofflosen und vielleicht auch blutlosen Journalisten geschrieben. Börsenberichte waren am Sonntag nicht gefragt.

Hans war nachdenklich geworden.

Jesus im einundzwanzigsten Jahrhundert? Wie das wohl gehen würde? Das fragte Hans sich nun.

Hans ging es nicht gut in letzter Zeit. Insbesondere seit er Dirk einen nigelnagelneuen Sportwagen der Luxusklasse für weit über hunderttausend Franken gekauft hatte. Einen Porsche. Erika hatte er den Preis gar nicht zu sagen gewagt. Und der Opa durfte davon überhaupt nichts wissen. Der wäre wohl gleich einem Schlaganfall erlegen. Befürchtete Hans.

Dieses Geschenk an seinen noch nicht einmal dreissigjährigen Adoptivsohn betrachtete Hans als den grössten Blödsinn seines Lebens. Dirk war nun stetig unterwegs. In der Freizeit, versteht sich. Und mit dem Auto, versteht sich ebenfalls. Und wurde von seinen Freunden bewundert, versteht sich noch viel mehr.

Ob ihn Frauen bewunderten, war ihm egal. Er war schwul.

Das wusste Hans. Und Erika. Der Opa sollte es nicht wissen. Aber er erfuhr es dennoch. An einem verregneten Sonntag.

«Ob du Kinder produzierst oder nicht, ist egal. Gibt sowieso keinen echten Müller. Also lass es lieber gleich bleiben. Von dir wird eh nichts Gescheites kommen.»

Opa nach dem dritten Glas Rotwein.

«Da hast du recht, Opa. Schwule machen keine Kinder. Also keinen Müller. Auch keinen unechten.»

Opa bekam einen Hustenanfall. Ein Gemisch von Rotwein und Schleim lief ihm über das Kinn. Dirk klopfte ihm heftig auf den Rücken und Erika drückte ihm eine weisse Serviette aufs Kinn.

Und Hans schaute aus dem Fenster und unterdrückte Lachen und Kotzen zu gleicher Zeit.

«Oh Jesus. Was ist aus unserer Welt geworden?!»

Das war keine Rede. Und keine Frage. Das war ein Schrei.

«Pass auf, dass du nicht wieder zu husten beginnst. Wir sind hier nicht im Saustall.»

Und Erika sagte wieder etwas von Kultur und guten Sitten.

Und Dirk anerbot sich, Opa mit seinem neuen Porsche ins Altersheim zu fahren.

Hans wurde kreidebleich. Und Erika puterrot.

Und Grossvater hustete wieder. Und verlangte einen Schnaps.

«Den brauchen wir jetzt wohl alle.»

Hans ging zur Bar und holte die Cognac-Flasche. Füllte allen einen Schwenker bis zur Hälfte. Was zu viel war.

Und Erika wieder zu einem Spruch über Kultur und Sitte provozierte.

«Halt endlich mal dein Maul und sprich, wenn du gefragt wirst.»

Hans erschrak über sich selber.

Und Opa klatschte in die Hände und rief «Richtig so. Sag's ihr. Gib's ihr. Zu gehorchen haben die Weiber. Wo kämen wir denn da hin wenn alle Weiber einfach so daherredeten? Ohne gefragt zu sein?»

Und er klatschte wieder in die Hände. Und Erika auf seine Glatze.

Betroffenheit. Ruhe im Zimmer.

«Wollen wir beten?»

«Was ist jetzt in den gefahren?» blökte Opa. «So etwas ist mein Sohn? Beten will der, wenn einmal Klartext gesprochen wird?»

Dirk wurde das zu blöd. Er habe anderes vor an einem Sonntag, als sich mit senilen Trotteln herumzuschlagen. Nahm seine Mutter am Arm und zog sie mit sich zur Tür.

«Stopp!!!»

Das war ein Befehl. Tönte jedenfalls so. Hans Stimme überschlug sich beinahe.

«Abgesessen. Und artig getrunken. Und Maul gehalten. Jetzt sage ich mal, wo es durchgeht. Hier macht ja wohl nicht jeder, was er will.»

«Aber jede. Und die geht jetzt. Und kommt nicht wieder, bevor hier Männer wieder Männer sind. Und keine Vollidioten. Wo bin ich eigentlich hier bloss?»

Und sie wurden älter und kälter

Hans hatte ein neues Hobby. Golf. Etwas für die Gesundheit tun würde ihm nicht schaden, hatte der Arzt nach dem letzten Checkup gesagt. Bewegung und frische Luft.

Das hatte eigentlich eher nach Joggen getönt. Aber das kam für Hans nicht in Frage. Das war nicht gut für die Kniegelenke. Und überhaupt.

«Es sollen ja schon Menschen beim Joggen im Wald gestorben sein.»

Also Golf.

Ohne Erika. Die fand das zu doof. Kleine Bällchen herumspicken. Und mit karierter Hose und Dächlikappe ein Wägeli hinter sich herziehen. Ausserdem wolle sie mit den Leuten, die sich auf so einem Golfplatz herumtrieben, nichts zu tun haben. Das seien doch alles kleine Gauner. Oder auch grössere. So wie Hans. Wenn man da zehntausende von Franken zahlen müsse, damit man überhaupt in den Club aufgenommen werde. Da frage sie sich schon, woher all das Geld komme.

Das kam gar nicht gut an bei Hans. Das habe er lieber überhört. Nein, das müsse sie zurücknehmen.

Natürlich nahm Erika das nicht zurück. Aber das änderte nichts am ruhigen Gang der Dinge in der Familie Müller. Nichts am farblosen, manchmal etwas gehässigen Zusammenleben der beiden in die Jahre gekommenen Karnickel.

Ein Wort, das Hans liebte. Karnickel seien sie. Gewesen zumindest. Alle beide. Ein beliebtes Thema am Sonntag. Überhaupt, in Erinnerungen kramen. Vorzeichen des Altwerdens?

«Weisst du noch, wie wir es getrieben haben damals? Wie die Karnickel. Nein, wie die wild gewordenen Karnickel.» Und zu Dirk: «Das hättest du mal sehen sollen.»

Dirk wusste nicht, wieso er das hätte sehen sollen. Und konnte sich das auch nicht vorstellen wollen. Wenn er den Bierranzen seines Vaters betrachtete.

Und Opa bekam wieder einen Hustenanfall. Und meinte, von Karnickeln gebe es wenigstens Nachwuchs. Falls sie nicht kastriert worden seien. Und die Frage stelle sich ja bei Hans, wenn man seine Familie betrachte. Beziehungsweise suche, wonach nicht zu suchen sei. Weil nicht vorhanden. Echten Nachwuchs meine er. Nur nicht auf schweinische Hintergedanken kommen…

Womit er wieder beim Eunuchen angelangt war. Und der Sonntag verdorben. Beziehungsweise der Mittagstisch beendet.

Erika tödlich verunfallt, Opa tödlich gestorben

Ein paar Jahre später.

Familie Müller war um ein Mitglied geschrumpft. Erika war nicht mehr. Opfer eines Golfbällchens. Wie sie die weissen Dinger mit den lochartigen Einbuchtungen immer genannt hatte.

An einem schönen Herbstsonntag war sie dem ewigen Drängen von Hans erlegen und hatte endlich einmal an einem Golfturnier teilgenommen. Als Zuschauerin, versteht sich.

Beim Abschlag war Hans von einer Wespe in den Hals gestochen worden. Was dem Ball zu einer ungewollten Richtung verholfen hatte. In Richtung Erika, die sich mit der Frau eines anderen Sportsmanns über *Glanz und Gloria* langweilte. Präzise an Erikas Schläfe war er gelandet. Tödlich.

Wie ein Geschoss sei das, hatte der Rechtsmediziner erklärt. Nur nicht so blutig. Ohne Loch in der Fassade. Nichts zu machen. Aber sonst gesund. Daher kein Problem mit der Unfallversicherung.

Zuerst dem Drängen des Hans erlegen. Dann seinem Golfball.

Fügung des Schicksals.

Oder Wille des Herrn, wusste Opa. Als Strafe für dieses schwachsinnige Tun an heiligem Sonntag.

So waren sie schon zu zweit im Familiengrab. Ausgestorben die Frauen der Familie Müller. Und Hans musste sich nicht mehr über Weiber aufregen. Opa auch nicht.

Es war eine Lücke. Dirk konnte sich lange nicht gewöhnen. Hans nahm es irgendwann als gegeben hin.

Das Golfspiel hatte er aufgegeben. Unverzüglich nach dem Schicksalsschlag.

Und Dirk war ausgezogen von zuhause. Ebenfalls unverzüglich nach dem Schicksalsschlag. Er habe es zuhause nicht mehr ausgehalten ohne Mutter. Sagte er dem Vater an einem sonntäglichen Mittagstisch.

Der wurde immer noch zelebriert. Für das kulinarische Wohl sorgte die kochbegeisterte Hausangestellte.

Die Begeisterung wurde etwas gedämpft, als Opa eines Sonntags die Gräte einer Forelle im Hals stecken blieb. Fischessen war nicht so sein Ding. Nie gewesen. Anstandshalber hatte er den Fisch dennoch gegessen an diesem Sonntag. Einfach hineingeschaufelt. Wie üblich. Was bekanntlich beim Fischessen in der Regel nicht bekömmlich ist. Zu spät hatten es die anderen bemerkt. Und beinahe zu spät erschienen sie im Notfall des Universitätsspitals. Nur beinahe. Zum Glück. Hans atmete auf. Das hätte ihm gerade noch gefehlt. Der alte Dummschwätzer an einer Gräte verstummt.

Die Natur nahm dennoch ihren Lauf.

An einem Sonntag brachte Hans seinen Vater wie üblich zurück ins Altersheim. Nach Austausch der ebenfalls üblichen Beschimpfungen genehmigten sich die beiden ihren Grappa. Und, wie nun halt auch üblich, wartete Hans, bis der Opa im Sessel schnarchte.

Im Sessel wurde Opa dann auch gefunden. Er schnarchte nicht mehr. Der Unterkiefer hing herunter. Die Arme ebenfalls.

Exitus, befand der Notfallarzt.

Hans erfuhr es noch am selben Abend.

Ein Sterben sei das. Nicht zum Aushalten. Es reiche jetzt.

Dirk verstand ihn. Auch wenn ihm der Tod des Opas egal war. Fünfundneunzig reiche für so ein Lästermaul. Dachte er. Bloss für sich.

Die Kirche und der Pfarrer

Hans machte bezüglich Moral eine neue Erfahrung. Obwohl er selber nicht mehr Mitglied der Reformierten Kirche war, wollte er seinen Vater mit dem üblichen Ritual dieser Institution unter den Boden bringen.

Nicht nur er gehöre seit Jahren nicht mehr zur Kirche. Nein, auch sein Vater habe sich abgemeldet. Schon vor Hans, wie er habe feststellen müssen. Und so stünde ein kirchliches Begräbnis dem Gottfried Müller, Gott sei ihm gnädig, nicht zu. Nichts zu machen. Tue ihm leid. Würde sich aber auch nicht schicken. Wie Hans sicherlich verstehen werde.

Diese Worte des Herrn Pfarrer weckten bei Hans keine Begeisterung.

«Wegen offensichtlich nicht vorhandener Moralvorstellung bin ich aus der Kirche ausgetreten. Und offensichtlich habt ihr noch nichts dazugelernt in diesem Verein. Dass mein Vater auch ausgetreten war, habe ich gar nicht gewusst. Aber dass er ein anständiger Mensch war, weiss ich. Ein moralischer Mensch. Ein wahrhaft Gottesfürchtiger. Besser jedenfalls als ihr Heuchler.»

Hans kratzte sich am Rücken und nahm das Nastuch hervor und spannte es über den rechten Zeigefinger und steckte den Zeigefinger ins rechte Ohr und rüttelte damit hin und her.

Der Pfarrer schüttelte den Kopf und zog die Brauen hoch. Dann wollte er reden. Aber Hans kam ihm zuvor.

«Dann schiebe ich ihn eben in den Ofen und vergrabe seine Asche in meinem Garten. Da geht es ihm allemal besser, als in euerm Gottesächerli. Und dazu singe ich ein Halleluja. Und trinke eine Flasche Champagner. Und der Putzfrau gebe ich frei und einen Hunderter für einen fröhlichen Abend.»

Ob dieser Mann die Flasche Champagner schon mal zum Voraus getrunken habe, fragte sich der Pfarrer.

«Was seid ihr bloss für Menschen. Predigt ein Leben lang von der Kanzel und quatscht von Moral und betet. Und dann will einer eine Abdankung in der Kirche und bekommt sie nicht. Bloss weil er aus diesem Verein ausgetreten ist. Wozu er seine Gründe hatte. Aber die interessieren euch nicht. Nur der Mammon interessiert euch. Pfui Teufel.»

«Versündigen Sie sich nicht. Ich muss mich schliesslich auch an die Regeln halten. Und die machen nicht Sie. Und auch nicht ich. Und wenn einer kein Mitglied der Kirche ist, dann verstehe ich nicht, wieso der noch mit kirchlichem Ritual begraben werden soll. Schliesslich zahlen unsere Gemeindemitglieder für solche Dienstleistung Kirchensteuer. Und der Pfarrer kann ja auch nicht gratis arbeiten. Auch nicht für Gottes Lohn. Wir könnten uns allenfalls über eine Gebühr unterhalten.»

«Eben. Habe ich's doch gesagt. Nur das Geld im Grind. Für eine Dienstleistung. Was für ein Wort. Ich begrabe meinen Alten selber. Adieu.»

Der heilige Zorn des Hans Müller. Seines Zeichens Rohstoffhändler und Moralist.

Was ist Moral?

«Wie moralisch findest du denn deinen Handel mit Rohstoffen? Da werden doch auch Nahrungsmittel gehandelt. Nicht immer zum Vorteil derjenigen, die dringend darauf angewiesen sind. Findest du das etwa moralisch?»

Hans fragte sich, wieso er diesen Lümmel adoptiert habe. Der jetzt auch noch sein ganzes Vermögen erben würde. Wenn es ihn denn eines Tages nicht mehr gäbe.

Und ob es richtig gewesen sei, ihm die Geschichte mit dem Pfarrer überhaupt zu erzählen. Und ob es überhaupt richtig sei, mit dieser Kreatur über Moral zu reden.

Und ob er den nicht lieber gleich aus der Firma werfen sollte.

«Geldverdienen mit ehrlicher Arbeit war noch nie unmoralisch.»

«Ehrliche Arbeit nennst du das? Im Büro sitzen und warten, bis du günstig einkaufen und möglichst teuer wieder verkaufen kannst? Was ist denn das für eine Arbeit?»

«Dann geh doch. Du machst ja dasselbe. Profitierst schliesslich auch davon. Hast noch nie nein danke gesagt. Oder bist du nun plötzlich ein Kommunist oder so etwas Komisches? Ja, ein Komiker bist du. Macht der da gescheite Sprüche über Moral. Und kassiert jeden Monat ab. Und lebt damit recht gut. Um nicht zu sagen luxuriös. Und steht schon in den Startlöchern und wartet, bis ich in die ewigen Jagdgründe eingehe. Oder in den Himmel. Oder von mir aus auch in die Hölle. Bis es mich putzt einfach.»

«Erstens interessiert es mich nicht, wann es dich putzt – d e i n Ausdruck. Pardon. Und schon gar nicht, was ich davon habe. Und zweitens rede ich ja nicht ständig über Moral. Natürlich kassiere ich. Ich habe auch nicht das Gefühl, etwas wahnsinnig Gutes zu tun. Ich mache einfach, was alle anderen auch machen. Ich denke an mich und lebe. So einfach ist das. Und jetzt muss ich gehen. Geld verdienen.»

Jetzt fiel bei Hans der Zwanziger. „Er macht einfach, was die anderen auch machen", ging ihm durch den Kopf. „Und er denkt an sich."

Was machte denn er, der moralische Hans? Wenn er ehrlich war, exakt dasselbe. Das Geld vermehren, so gut es eben ging. Mit möglichst wenig Aufwand.

Keine Ahnung, wohin das Geld ging und woher es kam. Interessierte ihn auch gar nicht. Schliesslich war e r nicht korrupt.

Was sollte er sich also Gedanken machen darüber, wo das Geld in den Schwellen- und Drittweltländern blieb? Und über die Art der Gewinnung der gehandelten Rohstoffe? Über Kinderarbeit etwa?

Das war alles so weit weg. Und die waren doch alle froh, wenn sie Arbeit und Essen hatten. Je mehr Menschen dort Arbeit hatten, desto weniger Wirtschaftsflüchtlinge kamen hierher. War doch eine gute Sache. Denen war es ja auch wohler in ihrer Heimat als in einem fremden Land.

Und so trug er doch schliesslich bei dazu, dass die in ihren Ländern bei ihren Familien bleiben konnten. Dachte er.

Und schliesslich bezahlte er seine Haushälterin anständig. Gab ihr auch genügend Ferien und hin und wieder mal einen geschenkten freien Tag. Und zu Weihnachten einen zusätzlichen Zahltag. Und noch einen halben dazu. Damit sie sich etwas Schönes kaufen konnte. Nur für sich, nicht für ihre Familie.

Hans wusste nicht, wie er sich fühlen sollte.

Er hatte keine Lust mehr, ins Büro zu gehen. Er blieb zuhause.

Am Abend begab sich Hans in eine Bar in der Innenstadt.

Er bestellte einen Whisky. Ohne Wasser und ohne Eis. Er verschränkte die Arme auf dem Tresen und starrte auf die vielen Flaschen auf den gläsernen Tablaren an der Rückwand. Etwas wehmütig dachte er an Erika. So hatte er sie kennengelernt. In einer Bar. Damals.

Er starrte seinen Nachbarn an. Das heisst es sah nur so aus. Eigentlich starrte er durch ihn hindurch.

«Was schauen Sie mich so an? Ist etwas nicht in Ordnung?»

Gerade freundlich tönte das nicht. Was der wohl für ein Problem hatte?

«Entschuldigung. Ich schaue Sie eigentlich gar nicht an. Ich war in Gedanken abwesend. Ganz anderswo. Ich habe Sie nicht einmal gesehen.»

«So? Bin ich so klein, dass man mich nicht einmal sieht?»

Nein, zu übersehen war der Koloss nicht. Ein regelrechter Fettsack. Ohne Haare.

«Müller mein Name. Ich wollte Sie nicht kränken. Darf ich Ihnen einen Whisky offerieren?»

«Gern. Hans Grob. Staatsangestellter im Feierabendstand. Hahaha.»

«So? Hans heisse ich auch mit Vornamen.»

Beim Kantonalen Gewässerschutzamt arbeite der Staatsangestellte. Scheissjob. Er wisse gar nicht, wie er die acht Jahre bis zur Pensionierung noch durchstehe. Wenn wenigstens seine Frau hier wäre. Aber die lebe lieber in Thailand. Bei ihrer Familie. Der schicke er halt dann das Geld zum Leben. Die hätten dort ja nichts zu Fressen. Zweimal im Jahr fliege er nach Bangkok. Im Sommer und an Weihnachten. Weihnachten feierten die dort nicht. Aber deshalb fliege er ja nicht dorthin. Seine Frau wolle er sehen. Und ihre Scheissgofen. Die müsse er halt sehen. Und die runzlige Oma. Sonne. Ein bisschen Sex. Und sonst die Sau rauslassen. Das brauche er. Zur Abwechslung. Sonst könne er sich gleich abknallen. Zwei Wochen Fisch und Reis fressen müsse er halt in Kauf nehmen. Wenn er dann nach Hause fliege, meine er, es seien ihm Flossen gewachsen.

Nach dem dritten Whisky war der Staatsangestellte Hans Grob so richtig in Fahrt.

Er regte sich noch einmal über seinen Scheissjob auf. Über seine Vorgesetzten. Das seien alles Arschlöcher. Wie die Politiker. Grosse Röhre und nichts dahinter. Und dann erst diese Banker. Dass die lauter schweinische Scheissgeschäfte machten und sich damit die Taschen füllten. Überhaupt sei der ganze Aktien- und Devisenhandel und was sonst noch alles dazu gehöre eine Riesenschweinerei. Die Banken gehörten abgeschafft. Wenigstens die, die diese Geschäfte machten.

Hans fand die Fäkalsprache dieses Staatsangestellten allmählich ein wenig übertrieben. Und auch sonst konnte er mit dem Gesagten nicht viel anfangen.

«Von wo, denken Sie, kommt denn der Zins auf ihr Pensionskassenguthaben? Und woher nimmt der Staat das Geld für Ihren Lohn?»

«Von den Steuern. Und Gebühren. Was glauben Sie denn?»

«Ja. Aber die wollen ja auch gut angelegt sein. Glauben Sie denn, nur Private legen ihr Vermögen an? Fragen Sie einmal bei der Kantonalen Finanzdirektion, was die mit ihren Einnahmen anstellen. Oder beim Städtischen Steueramt. Oder bei der Nationalbank. Sie sind mir ja ein schief Gewickelter. In Ihrem Alter noch dazu. Das ist ja lächerlich, was Sie da für einen Senf von sich geben. Und saufen Sie gefälligst nicht meinen Whisky weg. Für Leute wie Sie gibt es Tee. Oder noch besser Wasser.»

Der Staatsangestellte hatte in seiner Erregung aus Versehen nach Hans Whiskyglas gegriffen.

Nun setzte der Dicke zur Replik an.

«Sie verdammter Saukapitalist. Schmarotzer. Grossmaul. Ein eingebildeter Lackaffe sind Sie. Jawohl. Ergaunern sich das Geld wohl auch auf dem Buckel anständiger Bürger.»

Das anfänglich gesittete Gespräch war nun völlig aus dem Ruder gelaufen.

Dem Mann hinter der Bar wurde das zu blöd. Er schickte die beiden hinaus. Nach dem Zahlen. Sie sollten an die frische Luft. Und könnten von ihm aus wieder kommen, wenn sie sich beruhigt hätten und anständig aufführten. Man sei doch hier kein Fussballstadion. Und wenn sie sich auf die Rübe hauen wollten, könnten sie das draussen tun.

Hans ärgerte sich über die Bezahlung des spendierten Whiskys. Es blieb ihm nichts anderes übrig.

Es fehlte nicht viel, dass sich die beiden Rauschmänner auf der Gasse an die Gurgel gegangen wären.

Hans hielt das nächste Taxi an.

Der Staatsangestellte Hans Grob schrie ihm noch «huerä Schafseckel» hinterher.

Hans der Spinner

Hans war noch ein paar Jährchen älter geworden und übergab die Firmenleitung seinem Adoptivsohn Dirk. Eine Aktiengesellschaft war inzwischen aus dem ehemaligen Einmannbetrieb geworden. Handel mit Rohstoffen, Devisen und Immobilien. Rund fünfzig Angestellte arbeiteten in dem Betrieb. Fünfzig Menschen, denen Hans Arbeit und Einkommen gab. Er lobte sich dafür täglich.

Hans genoss die neue Freiheit. Und die Zeit, die ihm nun zur Verfügung stand.

Zwei Hausangestellte beschäftigte er seit seinem Rückzug aus dem Geschäft. Eine konnte ihn nicht einen ganzen Tag lang ertragen. Das war zu viel.

Hans merkte nicht, dass er immer komischer wurde. Aber das ist wohl bei allen Aussenseitern so.

Nach dem Aufstehen sang er sich erst einmal eine Stunde lang die Seele aus dem Leib. Alles religiöse Lieder. Manchmal noch so was wie „Hänschen klein". Oder „Am Brunnen vor dem Tore". Bei offenem Fenster. Die Leute auf der Strasse tippten sich an die Stirn, wenn sie am Haus vorbeigingen. Der Gesang, oder vielmehr das Gebrüll war weit herum zu hören.

Nach seinem Lungentraining bewegte er sich eine halbe Stunde lang auf der Wiese vor dem Haus auf und ab. Barfuss. Und nur mit einem getigerten Lendentuch bekleidet. Über alle vier Jahreszeiten.

Anschliessend frühstückte er. Immer noch barfuss und mit seinem Lendentuch um die Hüfte.

Zwei Spiegeleier. Zehn Tranchen Bratspeck dazu. Drei dicke Schnitten Zopf. Fünfzig Gramm rezenter Emmentaler. Zwei kleine Portionen Butter und Konfitüre. Niemals an zwei Tagen dieselbe.

Jeden Morgen.

Anschliessend begab er sich für eine Stunde ins Bad.

Und dann, punkt zehn Uhr, verschwand er in seinem Büro. Das durfte niemand betreten. Er wollte für die nächsten fünf Stunden nicht gestört werden.

Nur einmal im Monat liess er eine Büroreinigung zu. Vorher schloss er alles ein.

Um drei Uhr wollte er im Wohnzimmer den Tee serviert haben. Eine Tasse Schwarztee und drei Biskuits. Petit Beurre. Nichts anderes durfte es sein.

Danach machte er einen stündigen Waldspaziergang. Gleich hinter dem Haus ging's los.

Danach, wenn schon Zeit für Feierabend war, tauchte er in der Firma auf. Und wehe, wenn jemand um sechs nicht auf dem Posten war. Dann gab's ein Donnerwetter. Beim zweiten Mal eine schriftliche Verwarnung. Beim dritten Mal Entlassung.

Das nahm sich Hans heraus. Auch wenn er die Firma nicht mehr leitete. Blöden Kommentar von Dirk verbat er sich. Blöde Blicke von Angestellten ebenfalls.

«Das soll hier kein Sauladen werden. Hier wird gearbeitet. Und nicht gefaulenzt. Feierabend vor halb sieben machen nur die beim Staat. Oder bei der Stadt. Wohin kämen wir denn da? Oder wollt ihr, dass der Laden Konkurs geht?»

Solches und ähnliches Geschrei mussten sich die Angestellten bei jedem Anlass zu Ärgernis des Seniorchefs anhören. Stehend neben dem Pult. Die Hände an der Hosennaht. Oder eben am Oberschenkel die Damen.

Hosen waren bei Frauen nicht erwünscht in dieser Firma. Anständige und dem Geschlecht angepasste Kleidung war verlangt. Damit die Kunden wüssten, ob sie mit einem Mann oder Weib sprächen. Und nicht etwa das Gefühl hätten, sie stünden vor einem Eunuchen. Oder einem Transvestiten. Welche Logik hinter diesen Bezeichnungen zwar niemand verstand.

Den Gang zum Arbeitsgericht wagte niemand. Zu gut waren die Saläre. Ja. Die Angestellten mussten sich zwar allerhand gefallen lassen. Aber sie verdienten wie niemand sonst auf dem Platz. Das war es ihnen wert, die Marotten des alten Spinners zu ertragen.

Auch Dirk hatte sich damit abgefunden.

Nur einmal war es ihm zu bunt geworden. Als Hans ihn vor versammeltem Personal eine Schwuchtel genannt hatte. Eine Schwuchtel, der man die Hosensäcke zunähen müsse, damit sie das heisst er nicht immer da unten herumfingere anstatt zu arbeiten.

Da hatte ihm Dirk einen Stoss Papiere an die Brust geknallt und sich wutentbrannt entfernt.

Bevor Hans sich bei ihm vor anwesendem Personal für diese Ungeheuerlichkeit entschuldige, habe Dirk in diesem Betrieb nichts mehr verloren, hatte er Hans per eingeschriebenem Brief mitgeteilt.

Hans hatte das zwar nicht mündlich gemacht, wie Dirk sich das gewünscht hatte. Aber schriftlich. Ein Entschuldigungsschreiben an alle verteilen lassen.

Nur das und inniges Bitten der Angestellten hatten Dirk wieder auf den Posten bewegt.

Auf Brautschau

Hans erschien nicht mehr in der Firma. Den Angestellten war's egal. Und Dirk war froh.

Dafür erschien Hans nun nachmittäglich im Café Sprüngli am Paradeplatz.

Den häuslichen Dreiuhrtee samt Waldspaziergang liess er aus.

An der Bar im ersten Stock bestellte er einen Capucino und las eine Tageszeitung. Über dem Zeitungsrand wanderte sein Blick umher, vorzüglich den Damen nach. Den jüngeren.

Denn, obwohl mittlerweile auch schon in den Siebzigern, fühlte Hans sich noch jung und rüstig. Also fühlte er sich eher zu jüngeren Jahrgängen hingezogen als zu den ewigbraunen Lederhäuten mit schrumpligem Dekolleté. Oder den aufgetakelten Weisshäutigen mit feuerwehrroten Lippen in von Faceliftings grotesk verzogenen Visagen. Mit blau schimmernden Haaren auf dem Kopf.

Und, wie soll man es ausdrücken? Es juckte Hans in den Hosen.

Und so kam es, dass er an einem klaren Herbsttag eine zartgliedrige Schönheit anpeilte. Sie sass an einem Tischchen am Rande des Raums. Hinter der Bar. Dunkelblaues Deux-pièces. Jupe bis knapp über die Knie. Makellose Beine. Selbige übereinandergeschlagen.

Hans juckte es noch ein bisschen mehr als sonst.

Er legte die Zeitung beiseite, steckte seinen Kassenbon ein und schwang sich vom Hocker. Er knöpfte den Veston zu. Nur den mittleren Knopf. Betrachtete seine Schuhe. Schien alles in Ordnung zu sein.

Ein paar Schritte. Und Hans stand vor der adretten Erscheinung. Leichte Verbeugung.

«Gestatten. Hans Müller. Darf ich mich zu Ihnen setzen?»

Die Frau, sie mochte Mitte vierzig sein, schaute ihn etwas mokiert an. Sie lächelte und wies mit der Hand auf den freien Platz neben sich.

«Bitte.»

Und drückte weiter auf ihrem Smartphone herum.

«Darf ich Ihnen etwas offerieren. Ein Glas Champagner vielleicht?»

«Also... Hören Sie, das ist doch hier kein Anmachlokal. Lassen Sie mich in Ruhe.»

Hans bestellte sich ein Cüpli.

Nach vielleicht fünf Minuten. «Wollen Sie wirklich nicht auch eins?»

«Nein. Ich will keins. Und, eine gut gemeinte Empfehlung: wenn Sie auf Kontaktanbahnung aus sind, machen Sie es etwas charmanter. Weniger plump, meine ich. Das kommt nicht an. Ist ja grauenhaft. Da können Sie ja gleich noch Ihre Steuererklärung auf den Tisch legen. Oder den Bankauszug. Und, auf alte Männer stehe ich nicht. Viel Glück.»

Stand auf und ging.

Worauf Hans sich unbeeindruckt und unverzüglich auf die Suche nach einer neuen Kandidatin machte.

Er musste nicht lange warten. Und schon gar nicht suchen. Nach einer Viertelstunde näherte sich eine Brünette in hellen Jeans und rostrotem Pullover seinem Tischchen. Hans sah sie interessiert an. Fast ein wenig erwartungsvoll. Was sie wohl bemerkte.

«Darf ich mich zu Ihnen setzen?»

«Bitte.»

Hans war dieses Mal vorsichtiger. Die Empfehlung war bei ihm angekommen. Er schaute umher. Schien gar keine Notiz von seiner Nachbarin zu nehmen. Hob die Hand und bestellte bei der Herbeigewinkten noch ein Cüpli.

«Ach. Das können Sie mir auch gleich bringen.»

Hans nahm es wohl wahr, liess sich aber nichts anmerken.

Die beiden Cüpli liessen nicht lange auf sich warten. Und die Rede von Hans neuer Tischnachbarin auch nicht.

«Ich komme gerade vom Gericht. Frisch geschieden.»

Das war nun gar nicht, was Hans erwartet hatte. Sollte das nun gefeiert oder beweint werden?

Scheidung. So etwas Unmoralisches.

«Das tut mir aber leid. Dennoch Prost.»

«Das muss Ihnen überhaupt nicht leid tun. Tut's mir auch nicht. Bin's gewohnt. Ist zum schon dritten Mal.»

Der Schluck Champagner verirrte sich beinahe in Hans Luftröhre. Er hustete.

Die frisch Geschiedene hieb ihn dreimal heftig auf den Rücken.

Hoppla Schorsch, dachte Hans. Die ist auch nicht ohne.

«Also. Es geht mich ja nichts an. Aber finden Sie das nicht ein bisschen viel, drei Scheidungen? Wo kämen wir denn da hin, wenn das alle so machen würden? Ich finde das nicht gerade moralisch. Wenn ich mir die Bemerkung erlauben darf.»

Die Frau lachte.

«Ach. Wissen Sie, das hat einer der Richter auch gemeint. Und ich solle mich doch nun ein bisschen vorsehen. Und ich habe ihm gesagt, wenn alle unverheirateten Paare bei Trennung vor Gericht müssten, dann müsste der Personalbestand um mindestens das

Zehnfache erhöht werden. Was glauben Sie, wie viele Beziehungen die Unverheirateten im Leben eingehen und wieder auflösen? Da kenne ich Leute, die haben schon vor dem dreissigsten Geburtstag fünf Beziehungen hinter sich. Unmoralisch? Da bekomme ich ja einen Lachkrampf. Ist mir ja eigentlich auch egal. Was haben denn Sie in der Beziehung schon alles hinter sich?»

Da war Hans offensichtlich an die Falsche geraten.

«Ich war einmal verheiratet. Kinderlos. Ihren Sohn habe ich adoptiert.»

«Und, sind Sie es nicht mehr?»

«Ich bin verwitwet.»

«Oje. Das tut mir leid. Was ist denn passiert? War sie krank?»

«Nein. Es flog ihr ein Golfball an den Kopf. Von mir geschlagen.»

«Uiuiui. Und gleich tot? Das ist aber hart.»

«Ja. Der Ball war auch hart.»

«Und jetzt suchen Sie eine Neue?»

«Wie kommen Sie denn darauf?»

«Das sieht man Ihnen doch an. Ich komme nicht von gestern.»

Sie schaute nachdenklich vor sich hin. Dann sah sie Hans an.

«Wie wäre das mit uns beiden? Ich meine ja nicht zum Heiraten. Ich meine nur zum Feiern. Meine Scheidung. Heute Abend. Nachtessen. Und vielleicht ein Tänzchen oder sowas. Einfach etwas Fröhliches. Sonst werde ich depressiv. Und ich stehe nicht auf Depression.»

«Und wer bezahlt?»

«Sie natürlich. Sie sind doch ein moralischer Mensch. Und ein moralischer Mensch ist ein konservativer Mensch. Und ein konservativer Mensch lässt sich nicht von einer Dame einladen. Er lässt sie nicht einmal selber für sich bezahlen. Soviel habe ich bis heute auch gelernt.»

Eine neue Theorie. Kam Hans etwas abstrus vor.

Warum nicht gleich heiraten? Sie gefiel ihm. Hatte etwas Frisches. Obwohl sie schon drei Männer hinter sich hatte. Er wäre dann der vierte.

Luise die Erste

Die Hochzeit war kurz und karg. Trauzeugen waren Dirk für Hans und Verena für Luise. Luise Bamert hiess die Neue. Verena Oggenfuss war ihre Schwester.

Hans spontane, etwas hirnverbrannte Idee unverzüglicher Heirat hatte greifbare Gestalt angenommen im Verlaufe des gemeinsam verbrachten Abends. Damals, nach dem Kennenlernen im Café Sprüngli.

Das von Luise vorgeschlagene Programm hatten sie umgestellt. Zuerst tanzen. Auf Wunsch von Hans. Denn vor dem Essen liesse sich besser tanzen als mit vollem Bauch. Gelte für alle Jahrgänge.

Mangels anderer Möglichkeiten oder Ideen hatten sie sich schnurstracks zum Bauschänzli begeben. Dort könne man immer tanzen, wusste Luise.

Das Bauschänzli oder Buuschänzli, wie die Zürcher es liebevoll nannten, war eine der grössten Gartenwirtschaften Europas. Muss man wissen. Bunt gemischtes Publikum vergnügte sich an hundertfünfzig Tagen im Jahr bei Bratwurst oder Hummer. Oder Schweinshaxe oder Rindsfilet. Oder Güggeli im Chörbli oder Egli gebacken. Und bei Tanz und Tratsch. Bei gutem Wetter, versteht sich. Tanzen taten sie von zwanzig bis achtzig. Und wohl auch drüber. Falls es Füsse, Knie und andere Erforderlichkeiten noch mitmachten. Hergeschleppt wurden traditionell ausländische Gäste. Aus China, Kanada oder Uruguay. Oder sonst woher.

Und hergeschleppt worden war an besagtem Tag auch Hans. Vorerst hatte man zwei Bierchen getrunken. Da die Musik, wie immer, von fünf bis sieben pausiert hatte.

Und, da das Wetter schön und warm gewesen, hatte man auch gleich bei Ankunft einen Tisch am Mäuerchen mit Blick auf Limmat und Grossmünster reserviert.

Innere Wärme und Festlaune waren nach Tanz und Essen und reichlichem Alkoholkonsum auf Maximalhöhe gestiegen. Wohl deshalb war man ohne weitere Absprache in Hans Haus und Bett gestrandet.

Moralische Fragestellungen wurden anderntags nicht weiter erörtert.

Hans hatte beim Frühstück baldige Heirat vorgeschlagen. Oder noch besser sofortige. Weil Luise ihm gefalle. Und er nicht gern allein lebe. Und er gerne wieder eine Frau hätte. Eine richtige, meine er. Eben eine geehelichte.

Die Idee hatte Luise zwar etwas speziell gefunden. Aber nicht absolut daneben Denn, mit einem Mann zusammenleben werde sie sowieso nur als Ehefrau. Das sei ja auch der Grund, weshalb es ihr wirtschaftlich besser gehe als all den dummen Weibern, die sich jahrelang im Konkubinat hinhalten liessen. Und dann eines trüben Tages Aus und Tschüss. Im Unterschied zu ihrer Schwester müsse sie nämlich deshalb nicht arbeiten. Und sie habe auch nicht vor, diesen Zustand zu ändern.

Aber man wolle doch nicht dreinschiessen. Schliesslich kenne man sich erst von Tanz und Bett. Das sei zwar schon einiges, aber noch lange nicht alles. Drei Monate bedinge sie sich schon aus. Als Minimum. Fristerstreckung vorbehalten. Auch wenn ihr der Hans nicht schlecht gefalle und sie sich vielleicht sogar ein klitzekleines bisschen in ihn verknallt habe. Andernfalls man über das Thema ja auch gar nicht reden müsste.

Ja, und nun waren sie Mann und Frau. Nach viereinhalb Monaten. Für Hans insbesondere auch beruhigend der Gedanke, dass der

Lümmel von ihm nicht alles erben, wenn er denn dereinst abgekratzt haben würde.

Hans Marotten blieben. Die hatte ihm Luise nicht abgewöhnen können und konnte sie ihm auch nach Installation im neuen Haus in der Goldküstengemeinde Küsnacht nicht abgewöhnen.

Bezug eines neuen gemeinsamen Heims war für sie eine der unumstösslichen Bedingungen gewesen. Sie wolle nicht Geruch und Geist einer Verblichenen um sich haben.

Genauso wenig wolle sie Dirk in zu hoher Kadenz im Haus haben. Nicht, weil er schwul sei. Aber weil sie zu ihm keine Beziehung habe und auch keine aufbauen wolle. Hans könne ihn in Zürich sehen, so oft er wolle. Einfach ohne sie.

Und überhaupt gehöre sie nicht zu den Menschenfreunden. Ihre Schwester reiche ihr für bilaterale Aussenkontakte. Mehr müsse nicht sein. Und mehr kenne ja Hans auch gar nicht.

Und reisen wolle sie nicht etwa in Reisegruppen und Kreuzfahrtschiffen. Wenn es denn schon unbedingt sein müsse, dann nur zu Zweit. Reiseführer gebe es ja überall auf der Welt. Aber ein Reisefüdli sei sie sowieso nicht. Das solle Hans bitte zur Kenntnis nehmen. Das werde sie, wenn überhaupt, nur ihm zuliebe tun. Nur und allein ihm zuliebe.

Und einkaufen wolle sie nicht. Das werde heutzutage alles nach Hause gebracht. Diese vollgestopften Läden mit schreienden Gofen und stillenden Müttern und arthrotischen Grossmüttern schlügen ihr aufs Gemüt.

Ob es ihr denn nicht aufs Gemüt schlage, im Café Sprüngli fremde Männer anzuquatschen?

Und schon war der erste Ehekrach im Haus.

Drei Tage lang sprach Luise nicht mit Hans. Die immer noch in Diensten stehenden beiden Hausangestellten übernahmen während dieser Phase des kalten Ehekrieges die Nachrichtenübermittlung. Und lachten sich dabei halb kaputt. Im Versteckten, versteht sich.

Seine Luise leide wohl unter einer Sozialphobie. Soweit die Einschätzung von Hans Hausarzt, nachdem er diesem über die Macken seiner neuen Ehefrau berichtet hatte.

Umso weniger litt Luise unter falscher Bescheidenheit. Ihren alten Kleinwagen hatte Hans bald einmal durch einen noblen Mittelklassewagen ersetzen müssen. Denn, in diesen feinen Verhältnissen zieme es sich nicht, mit einer alten Schwarte herumzufahren.

Ein eigenes Bankkonto hatte Luise zwar bereits. Logisch. Schliesslich war sie ja nicht im Café Sprüngli zur Welt gekommen. Aber eine monatliche Überweisung von fünftausend Franken auf das Konto erachtete sie als nicht übertrieben. Unter Berücksichtigung der feudalen Vermögensverhältnisse und laufenden Geschäftseinkünfte.

Kurz und gut, wenn es nicht unmoralisch gewesen wäre, hätte Hans seine Neuangetraute nach einem halben Jahr am liebsten zum Teufel gejagt. Oder zu sonst wem. Ein bisschen Egoismus spielte bei seiner diesbezüglichen Hemmung allerdings auch noch mit. Denn, allein sein wollte er nicht mehr. Und, sein Juckreiz hatte befriedigend nachgelassen. Sehr befriedigend. Dank der regelmässigen Befriedigung.

Und doch fasste er eines Tages Mut.

«Luise, meine Liebe. Findest du nicht, dass du es ein bisschen übertreibst?»

«Was denn übertreibe ich?»

«Ich meine deine Marotten. Keine Leute sehen wollen. Nicht einkaufen wollen. Nicht reisen wollen. Überhaupt, niemanden sehen wollen.»

Hans solle erst mal gründlich über seine Marotten nachdenken, bevor er sie mit einem solchen Blödsinn belästige und ihre Frühstücksverdauung behindere. Und überhaupt solle er froh sein, dass sie ihn noch sehen wolle und tue und nicht schon längst in ein separates Schlafzimmer umgezogen sei.

Das war für Hans Anlass genug, ab sofort wieder täglich im Café Sprüngli zu erscheinen. Im ersten Stock, an der Bar.

Und so ergab es sich, dass er bei seinen täglichen Menschen- oder vielmehr Frauenstudien auf eine neue Errungenschaft stiess.

Carla hiess sie. Carla Fumasoli.

«Hat das etwas mit *fumare* zu tun?»

Die schwarzhaarige Südländerin lachte herzlich. Hans war auf der Stelle verliebt.

Die Schöne wollte kein Cüpli. Auch kein Glas Rotwein. Aber einen *Latte macchiato* lasse sie sich gerne offerieren.

Ihr Mann sei Direktor bei einer italienischen Bank. Aber der habe nur noch die Arbeit im Kopf. Ob es sie überhaupt noch gebe, nehme der wohl gar nicht mehr wahr. Sie habe genug. Allein sein könne sie auch allein. Dazu brauche sie keinen Mann. Sie liebe die Menschen. Sei gerne in Gesellschaft. Koche gerne für viele Leute. So, wie sie es von zuhause kenne. Von der Mama, und von der Nonna. Sie suche sich jetzt eine Stelle. Als Journalistin. Sie habe in Bologna Politologie studiert. Und Germanistik dazu. Im Moment wolle sie aber nicht nach Italien zurückgehen. Auch wenn sie ihre Familie vermisse. Aber da sei zurzeit vieles unsicher. Kinder kriegen sei vorbei. Zu spät. Das habe sie auch diesem *stronzo* zu verdanken. Der sei nämlich nicht zeugungsfähig. Unfall. Vom

Pferd gefallen und mit den Hoden auf einem Lattenzaun gelandet. Im Spagat. Man solle sich so etwas einmal vorstellen. Im Spagat.

Und sie lachte wieder. Zeigte ihre weissen Zähne. Und hatte diese süssen Fältchen neben den Augen.

Hans war erschlagen. So viel Schönheit. Und so viel reden auf einmal. Das musste er erst verdauen.

Hans entschuldigte sich. Es sei ihm gar nicht recht. Äusserst peinlich sogar. Aber er müsse dringend mal austreten. Er habe da etwas im Ohr. Das jucke so.

In dem viel zu kleinen Toilettenraum stellte er sich vor den Spiegel und zog Grimassen. Eigentlich sollte es ein Lachen sein. Gab es da auch diese Fältchen neben den Augen? Zuerst lachte er lautlos. Dann laut. Immer lauter.

Während er da so am Üben war und sich mit seinem Gelächter immer besser gefiel, war unbemerkt ein Gast hereingekommen.

«Haben Sie ein Problem? Kann ich helfen?»

Hans Kopf wurde hochrot.

«Nein. Danke. Alles in Ordnung. Ich habe nur ein wenig Atemgymnastik gemacht. Ist gut bei Asthma.»

«Aha. Asthmatiker sind Sie? Ich auch. Haben Sie keinen Spray dabei? Sie können meinen nehmen. Bedienen Sie sich. Ich muss mal.»

Der Mann drückte Hans einen Inhaler mit Ventolin in die Hand und verschwand in einer Kabine. Offenbar zum ersten Mal seit der Morgentoilette. Es zischte und knallte wie auf einer überhitzten Grillstation und stank zum Erbrechen.

Hans stellte den Inhaler neben die Armatur und verliess den Ort der Entleerung.

Mit der schönen Italienerin verabredete Hans sich auf den nächsten Tag. Gleicher Ort, gleiche Zeit.

Eigentlich war Hans nicht so recht klar, weshalb er auf Frauen ganz offensichtlich eine gewisse Anziehungskraft ausübte. Im Gegensatz zu früher.

Da abends nicht gesprochen wurde, kam Hans auch gar nicht in die Verlegenheit, die üblicherweise Lügen provoziert. Was er den ganzen langen Tag getrieben hatte, interessierte Luise nicht im Geringsten. Genau so wenig interessierte Hans sich für Luises tägliche Aktivitäten.

So lebten die beiden mehr nebeneinander als miteinander. Eigentlich auseinander. Ausser im Bett. Da lebten sie ineinander.

Und das war für Hans der einzige noch verbliebene Grund des gemeinsamen Daseins.

An dem Abend wollte er Luise provozieren.

«Könntest du dir vorstellen, dass ich plötzlich eine Frau kennenlerne?»

«Ja. Das könnte ich mir vorstellen. Und könntest du dir vorstellen, dass mir das völlig egal wäre? Ich liesse mich dann scheiden. Wäre ja nicht zum ersten Mal. Wie du weisst. Und du könntest mit ihr ins Altersheim einziehen und mir eine anständige Rente überweisen.»

Nach diesem nicht gerade erbaulichen Gespräch erhob sich Luise vom Tisch. Den halb leer gegessenen Teller liess sie stehen.

«Personal ist nach Hause gegangen. Du kannst ja dann mal abräumen. Ich wünsche einen schönen Abend.»

Da sass Hans und überlegte sich, was er nun damit anfangen solle. Aber anstatt weiter zu studieren, begann er sich auf den nächsten Tag zu freuen. Auf Carla.

Der Schock sass mitteltief, als Hans zwei Stunden später im Schlafzimmer ein leeres Bett ohne Bettdecke vorfand. Nur mitteltief. Insgeheim hatte er so etwas erwartet. Es interessierte ihn nicht, wo Luise sich für die Nacht eingerichtet hatte.

Also verbrachte Hans die Nacht allein.

Carla

Mit der Zusage einer monatlichen Scheidungsrente von zehntausend Franken für die Dauer von vier Jahren verabschiedete sich Hans von Luise und wünschte ihr alles Gute. Noch im Gerichtssaal.

Und keinen Mann mehr solle sie sich nehmen. Keinen Ehemann meine er. «Gott behüte.»

«Lass Gott aus dem Spiel. Mit dem bist du nicht auf Du und Du. Genauso wenig wie ich. Du Heuchler. Du moralisches Ungeheuer.»

Ihrem Anwalt, dem Halunken, wünschte Hans ebenfalls alles Gute und Erfreulicheres nach seiner hoffentlich baldigen Pensionierung. Und den in Gerichtssäle Getriebenen Erlösung von so einem Monster.

Das liess den Herrn Kollegen, wie ihn Hans Anwalt genannt hatte, völlig unberührt. Nach aussen zumindest. Wohl, weil ihm zwanzigtausend Franken Prozessentschädigung zugesprochen worden waren. Dachte Hans. Und er für die paar Monate Ehe eine Rente in horrender Höhe herausgeholt hatte.

«Ruhe hier im Saal! Das können Sie draussen besprechen. Und dabei doch auch den Anstand wahren. Bei allem Verständnis für die Situation.»

Eine Busse drohte der Vorsitzende noch an für den Fall der Nichtbefolgung seiner Anweisung.

Dass Hans so schnell einer dieser geschiedenen Männer sein würde, hätte er sich nicht im Traum vorstellen können. Dass er überhaupt jemals zu diesem Abschaum, wie sein Vater das immer benannt hatte, gehören würde, war für ihn jenseits jeglicher Vorstellungskraft. Gewesen. Früher einmal. Nun gehörte er auch dazu. War er auch Abschaum?

Noch am selben Abend zog Carla bei Hans ein. Vorher hatte er das nicht haben wollen. Aus moralischen Gründen.

Im Unterschied zu Hans war Carla von ihrem Luigi noch nicht geschieden. Bei den Katholiken gehe das eben nicht so schnell. Und dazu noch Italiener.

Carla war noch etwas jünger als Luise. Dieser Umstand und Hans ungebremste sexuelle Energie hatte den beiden Verliebten eine Schwangerschaft beschert.

Des Weiteren wurde den beiden nach der Geburt ein umständlicher Behördenzirkus beschert. Weil Carla das Kind als noch rechtmässige Ehefrau von Luigi zur Welt gebracht hatte. Damit galt Luigi offiziell als Vater.

Der Nachweis des Spagats vor Jahren auf dem Lattenzaun und die danach festgestellte Zeugungsunfähigkeit genügten allerdings zum Ausschluss Luigis als Vater.

Damit war für den wahren Erzeuger der Weg frei zur Übernahme von Würden und Pflichten des gesetzlichen Vaters.

Und irgendwann war dann auch Carla geschieden. Und damit der Weg frei für Hans dritte Hochzeit. Und die letzte, versprach er Carla. Die bedauerte, dass eine kirchliche Trauung nicht mehr möglich war. Erstens weil sie eine geschiedene Katholikin war. Zweitens weil Hans kein Katholik war.

Aber den Giovanni, wie der Stammhalter mit seines Vaters Namen, einfach auf Italienisch, hiess, wolle man in katholischem Glauben erziehen. Hans hatte nichts dagegen einzuwenden. Hauptsache, er hiess Müller. Auch wenn Giovanni Müller etwas schräg klinge. Aber man lebe ja schliesslich in einer globalisierten Welt. Und da gebe es nicht nur einen Ruedi Sin Wang oder eine Heidi da Silva. Da gebe es halt auch einen Giovanni Müller.

Luigi schickte den beiden nach erhaltener Ankündigung der bevorstehenden Hochzeit zwei Wochen vor dem Fest ein grosses Bukett. Womit er sich unwissentlich – oder auch wissentlich - gleich zur Feier einlud.

Es seien ja sowieso nicht viele da, bedauerte Carla. In Italien wären sicher sechzig Leute dabei. Mindestens. Aber in die Schweiz führen halt nur ihre Eltern. Und die Schwester mit dem Mann. Und die beiden Brüder mit ihren Frauen. Und dazu noch fünf Kindern. Und dann noch die Nonna. Die sei zwar schon dreiundneunzig. Aber sie lasse sich das nicht nehmen. Und wenn es ihre letzte Reise sei. Dann könne man sie gleich hier einsargen. Dann wisse sie wenigstens, dass die Mafia da nicht auch noch die Finger im Spiel habe. Und zwei Freundinnen von Carla lebten hier. Die seien auch dabei. Und von Hans Seite gerade einmal Dirk mit seinem schwulen Partner. Womit Carla aber kein Problem habe. Und auch ihre Familie nicht.

Die Hochzeit sollte in einem berühmten Esstempel am Zürichberg gefeiert werden. Luigi hatte das organisiert.

Das kam Hans zwar etwas komisch vor. Genauso komisch wie die Tatsache, dass Luigi vor dem Standesamt als Trauzeuge Carlas auftrat.

«Überraschung!», schrie Carla lachend. Sie hatte das vor Hans geheim gehalten. Er werde es dann schon sehen.

Und Dirk machte sich beinahe in die Hose vor Vergnügen. Sein Lebensabschnittspartner, wie Dirk seinen Freund John nannte – eigentlich hiess er Hans, wie unser Hans, ganz gewöhnlich Hans also, aber das war für einen Zürcher Schwulen ein unmöglicher Name – der Lebensabschnittspartner John also fand das absolut genial. Das zeige, wie weltoffen Zürich geworden sei. Wenn man da an die Zeiten Zwinglis zurückdenke... Was er selber selbstverständlich nicht könne. Aber nachlesen könne man, wie stier und verlogen das da zu und her gegangen sei. Alles unter dem verlogenen Titel von Ordnung und Sittlichkeit.

Das war für Hans ein Schlag unter die Gürtellinie. Er musste leiden. Was würde ihn da alles noch erwarten an diesem Freudentag? Oder war der nur zur Freude der anderen gedacht? War das die Strafe Gottes, die da an diesem Tag über ihn kam?

Zu weiteren Gedankengängen kam es nicht mehr. Antonio, sein neuer Schwiegervater umarmte ihn ungestüm. Und küsste ihn auf beide Wangen. Waren hier alle schwul? Hans war überfordert.

Die Feier in besagtem Tempel wurde dann doch sehr schön. Und fröhlich. Nein, ausgelassen.

Vor dem Dessert trugen die italienischen Kinder ein Lied vor. Antonio begleitete sie mit einer Mandoline.

Und die Nonna schnarchte.

Und Dirk guckte die ganze Zeit Luigi an. Und John starrte Dirk an. Und Hans dachte, dass es jetzt dann gleich krache. Eine Eifersuchtsszene unter Schwulen. Das brauchte er gerade noch. Dabei war Luigi ja gar nicht schwul. Oder vielleicht doch? Seit er den Spagat auf dem Lattenzaun gemacht hatte? Wäre ja möglich.

Carla riss ihn aus den Gedanken. Sie hatte mit ihrem Papa soeben den ersten Walzer getanzt. Wie sich das gehörte.

«Komm. Wir tanzen.»

Ein Trio musizierte. Klavier, Bass, Schlagzeug. Gediegen.

Hans trat auf Carlas Kleid. Die beiden fielen beinahe hin. Gelächter. Carla lachte mit. Hans bekam einen roten Kopf.

«Nicht so ernst. Komm. Wir sind doch nicht an einer Beerdigung. Die Nonna lebt noch. Solange sie schnarcht jedenfalls.»

Einer der Gofen knallte Hans die Mandoline auf den Hintern. Die Leute grölten. Hans stellte dem Gof das Bein.

«Das darfst du nicht. Bei uns sind die Kinder heilig.»

Hans hoffte, dass der Tanz bald zu Ende sein würde.

Und auch der Abend war irgendwann einmal zu Ende.

Die Rechnung begleiche Antonio. Keine Widerrede. Ehrensache. Hans könne dann zahlen, wenn der kleine Giovanni getauft werde. Und das werde ja hoffentlich bald sein. Nicht, dass er noch als Heide sterbe und nicht in den Himmel komme. Man wisse ja nie.

Die Schwiegereltern blieben noch eine Woche. In Hans Haus selbstverständlich. Bevor sie abreisten, musste das Taufdatum festgelegt werden.

Und Hans Hausangestellte brauchten eine Woche Erholungsurlaub.

Hans und Carla führten ein ruhiges Leben. Sie hatten ihre Freude an Giovanni. Und an sich.

Seine Marotten hatte Hans abgelegt. Sehr zur Verwunderung seiner beiden treuen Hausangestellten.

Nun lebe er wie ein Normaler, früher sei das anders gewesen. Gott sei Dank müsse sie das nicht mehr erleben. Berichtete die eine eines Morgens beim Kaffee Carla.

Und bald einmal liefen die Vorbereitungen für die Taufe.

Die nächste Überraschung für Hans: Luigi sollte Taufpate werden. Das hatte der selber sich gewünscht. Und Carla fand die Idee gut.

Strafe Gottes und neuer Lebenswandel

Und zweitens kommt es anders als man denkt.

Die Taufe war vorbei. Luigi der Taufpate. Manuela, Schwester von Carla, Taufpatin.

Nicht für lange.

In Memoriam Giovanni und Carla Müller-Dalla Valle und Antonio und Claudia Dalla Valle wurde der dritte Todestag begangen.

Drei Monate nach der Taufe hatte Carla mit Kind und Eltern in deren Lancia nach Italien reisen wollen. Etwas Wärme tanken. Und endlich einmal wieder alle Verwandten sehen. Auch die Nonna. Wer wusste, wie lange die noch leben würde? Zusammen mit dem kleinen Giovanni. Ohne Hans. Der hatte zuhause bleiben wollen. Er habe hier zu tun. Geschäftlich. Könne nicht weg.

Die Reise hatte kurz nach Chiasso geendet. Ein Sattelschlepper war von der Gegenseite über die Mittelplanke geflogen. Genau auf den Lancia. Alle vier Insassen tot. Auf der Stelle.

Diesen dritten Todestag beging Hans in der Katholischen Kirche, auf dem Friedhof und anschliessend bei einem bescheidenen Mahl in der Zürcher Innenstadt. Zusammen mit Luigi, Dirk und John.

Und an diesem Tag beschloss Hans einschneidende Änderung seines Lebens.

Die Strafe Gottes war über ihn gekommen. Für sein sündhaftes Leben. Davon war Hans nach drei Jahren Grübeln überzeugt. Er musste sühnen. Er wollte nicht als Sündenbeladener in den Ofen. Er musste sich davon befreien. Und er hatte sich genau überlegt, wie.

Als Erstes übergab er Dirk die Firma. Mit allen Anteilen. Er verlangte nur achttausendausend Franken monatlich für die ihm noch verbleibenden Jährchen. Plus Übernahme der Mietkosten für die Wohnung. Und er verblieb noch im Verwaltungsrat. Ohne weitere Entschädigung. Ausnahme: restlose Kostendeckung unerwarteter Spital- oder sonstiger Kosten im Zusammenhang mit Krankheit oder Unfall oder Verschlechterung des allgemeinen Gesundheitszustandes. Das alles wurde vertraglich festgelegt.

Sodann verkaufte er seine Häuser. Eines in der Stadt, am Zürichberg. Eines in Küsnacht. Aus dem Erlös errichtete er eine Stiftung für mittellose Bardamen. Die Erika-Stiftung.

Mit ein paar Möbelstücken zog er in eine nicht ganz günstige Mietwohnung im Zürcher Seefeld ein. Aber das war der einzige Luxus, den er sich noch leistete.

Hans richtete sich ein und nahm wieder seine alten Marotten an.

Morgens, nach dem Aufstehen Absingen religiöser Lieder. Keine anderen mehr. Aber bei offenem Fenster. Wie früher.

Anschliessend ein zügiger Gang durchs Quartier. In Ermangelung einer eigenen Wiese vor dem Haus. Und angekleidet. Unter diesen Umständen.

Danach Frühstück. Etwas bescheidener als damals. Nur noch ein Spiegelei. Ohne Bratspeck. Und zwei nicht zu dicke Schnitten Ruchbrot. Keinen Käse mehr. Nur noch etwas Butter und Konfitüre. Und immer dieselbe. Bis das Glas leer war und ein neues gekauft werden musste.

Der folgende Aufenthalt im Bad fiel kurz aus.

Anstatt in seinem Büro zu verschwinden, setzte sich Hans an den Esstisch in der Stube. Büro hatte er keines mehr.

Einsperren musste er sich nicht, da niemand mehr da war, der beziehungsweise die ihn gestört hätte. Für die Reinigung war er nun selber zuständig.

Und den Tee machte er sich um drei Uhr auch selber. Petit Beurre liess er weg.

Anstelle des Waldspaziergangs kam ein Gang am See. Bis Bellevue und zurück.

Und, anstatt dass er danach die Leute in der Firma nervte – wo er ja sowieso nichts mehr verloren hatte -, ging er direkt zum Nachtessen ins Quartierrestaurant.

Dort lernte er mit der Zeit ein paar ebenso kauzige wie knausrige Männer aus dem Quartier kennen. Die liessen sich gerne zu einem Kafi fertig einladen. Oder zu einer Stange Bier. Hin und wieder. Wenn Hans einen guten Tag hatte.

Und ein paar Trunkenbolde gehörten auch zum Stammpublikum. Hans, lud auch sie ein. Zu einem Getränk nach Wahl.

Das hatte er sich schnell angewöhnt. Nach jenem denkwürdigen Abend. Als er dem Otti einen Pfefferminztee bestellt hatte. Weil der schon genug intus habe. Aber da war er an der falschen Adresse gelandet.

Was für eine Furzidee das denn sei? Ob er noch alle Tassen im Schrank habe? Oder ihn umbringen wolle?

Kurz, Hans hatte den Tee selber getrunken und Otti einen Dreier Roten bestellt. Auf Wunsch. Und angesichts allgemeiner Belustigung und schon unanständig lauten Gelächters.

Seither war Hans Ottis bester Freund. Jedenfalls wenn Otti guter Laune war. Das war er meistens. Aber eben nicht immer.

Zum Beispiel an dem Abend, an dem ihn Hans von einem besseren Lebenswandel zu überzeugen versuchte.

«Du kannst doch nicht immer saufen wie ein Donkosak. Was sagt den deine Frau?»

«Die ist seit zehn Jahren tot.»

«Oh. Das tut mir leid.»

«Das muss dir nicht leid tun. Mir tut es auch nicht leid.»

«Wieso?»

«Die hat mit anderen Männern herumgemacht. Kein Wunder, hat die Brustkrebs bekommen.»

«Komische Logik.»

«Für mich stimmt sie.»

«Und deshalb muss man saufen?»

«Was geht denn dich das an? Schau für deinen eigenen Dreck. Ich saufe wann und solange es mir passt. Und jetzt halt die Schnauze. Sonst steck ich dir deine Rübe ins Glas.»

Abgesehen davon, dass eine Rübe, das heisst ein Kopf, nicht in ein Bierglas passe, wolle er denn doch noch wissen, wie Otti das anstellen wolle. In dem Zustand, in dem er sich befinde.

Das hätte Hans besser nicht gesagt. Was auch die andern fanden. Die sich jetzt etwas von den beiden distanzierten. Rein örtlich gesehen.

Und schon landete Hans Kopf im Salatteller. Wenn nicht der herbeigeeilte Wirt Otti am Kragen gepackt und vor die Tür gesetzt hätte, wäre das wohl noch schlimmer gekommen.

Hans wusch sich das Gesicht in der Toilette.

Was denn mit dem los sei, wollte er hernach von den anderen wissen.

Ja, der sei halt unberechenbar, wenn er schlechte Laune habe. Genug intus habe er sowieso jeden Tag um die Zeit. Wie Hans ja wisse. Aber eben. Wenn dann noch die schlechte Laune hinzukomme... Hans solle jetzt besser noch ein bisschen hier bleiben. Hier sei es ja gemütlich. Soweit.

Am nächsten Tag entschuldigte sich Otti bei Hans. Er habe es nicht so gemeint.

«Aber so gemacht hast du es. Was heisst da nicht so gemeint? Und jetzt halt d u deine Schnauze. Von dir will ich heute nichts mehr hören.»

Hans war über sich selbst erstaunt. Und noch viel mehr darüber, dass Otti tatsächlich den Mund nicht mehr aufmachte.

Und als Otti sich am nächsten Tag auf Hans Vorschlag, oder schon eher Anweisung, tatsächlich Punkt vier zum gemeinsamen Gang zum Bellevue und zurück vor dem Stammlokal einfand, verstand Hans die Welt nicht mehr.

Das heisst, einfinden hatte sich Otti nicht müssen. Eingefunden hatte er sich schon mindestens eine Stunde früher. Er hatte einfach das Glas austrinken und sich vor die Tür stellen müssen. Das hatte er getan.

Hans war ausser sich vor Freude.

Und so spazierten die beiden von nun an täglich zum Bellevue und zurück. Selbst dann, wenn Otti eine schlechte Laune hatte. Dann sprach Otti einfach nichts. Und Hans liess ihn in Ruhe.

Nach ein paar Wochen hatte sich zwischen den beiden Männern eine echte Freundschaft entwickelt. Eines Tages erzählte Hans seinem Freund Otti von seinen Eltern, seinem Vater vor allem. Auch von den Frauen. Von Erika selig, Luise, Carla selig. Und seinem Sohn Giovanni selig.

«Bei dir sind ja alle selig.»

«Ja. Ging ebenso zu und her. Hab wohl zu viel gesündigt im Leben. Dass ich so geprüft wurde.»

«Geprüft? Von wem geprüft?»

«Ja. von wem wohl? Vom Herrgott. Denk ich.»

«Aha. Geht mich ja nichts an. Aber an den Zauber glaube ich nicht.»

Und von nun an sah es Hans als seine vornehme Aufgabe, den Otti von etwas anderem zu überzeugen.

Was einer Bekehrung gleichkomme, meinte Dirk. Oder einer Missionierung. Nachdem ihm Hans die Geschichte beim sonntäglichen Nachtessen erzählt hatte.

Mittagessen war für Dirk unmöglich. Am Samstagabend ging er in der Regel in den Ausgang. Und dann wurde es spät. Oder, besser gesagt, früh. Deshalb zum Nachtessen. Im Restaurant natürlich. Denn, kochen konnten beide nicht.

Manchmal war John dabei. Manchmal nicht. Je nachdem, ob sich die beiden am Abend zuvor gestritten hatten. Eifersucht. Komme halt unter Schwulen auch vor, erklärte Dirk dem erstaunten Hans. Noch häufiger wahrscheinlich als unter Heterosexuellen.

Was Hans auch nicht mehr erstaune. Bei dem komischen Leben, das die beiden führten. Überhaupt, von der Natur sei das ja nicht vorgesehen. Und vom Herrgott erst recht nicht. Aber das gehe ihn nichts an. Und den Dirk habe er dennoch gern. Trotz allem.

Ob jetzt das Bekehrung oder Missionierung oder was immer sei, interessierte Hans nicht. Unbeirrt fuhr er mit seiner Überzeugungsarbeit fort. Jeweils auf dem nachmittäglichen Gang zum Bellevue und zurück. Und danach lud er Otti zum Nachtessen ein. Das war auch der einzige Grund, weshalb Otti Hans Bemühungen über sich ergehen liess. Was Hans anscheinend nicht merkte. Als einziger in der Quartierbeiz.

Nur, als Hans Otti eines Tages zum Kirchgang bewegen wollte, ging er beinahe zu weit. Nur der Umstand, dass dem Otti ein Mittagessen in einem besseren Restaurant winkte, konnte ihn zu diesem ungewohnten Gang bewegen. Und zum Aufstehen mitten in der Nacht. Damit man um zehn auch pünktlich zum Gottesdienst erschien.

Der Kirchgang hatte für Hans tiefere Bedeutung. Seit seinem Austritt hatte er nie mehr eine Kirche besucht. Ausser an der Taufe des Giovanni. Aber das war eine Katholische Kirche gewesen. Das zählte für Hans nicht.

Und so war er bis ins Innerste ergriffen, als er unter dem Gedröhne der Glocken die Stufen zum Eingang hochstieg. Otti hielt sich die Ohren zu.

In der Kirche schlief Otti nach dem ersten Lied schon bald einmal ein. Und schnarchte. Bis ihm Hans den Ellbogen in die Rippen drückte. Was sich als nicht ganz ungefährlich erwies. Otti sah ihn drohend an. Nur gut, dass man sich gleich zum Gebet erheben musste.

Für Otti blieb es bei dem einen Kirchgang.

Für Hans nicht. Von nun an besuchte er den Gottesdienst jeden Sonntag. Und mit der Zeit hatte er ein schlechtes Gewissen. Weil er nicht Mitglied der Kirche war. Und damit auch keine Steuern bezahlte. Und dennoch die Predigt hörte. Und die Kirche benutzte. Und das alles gratis.

Also trat Hans wieder in die Kirche ein. Und bezahlte wieder Kirchensteuer.

Und nun war es Hans wieder wohl. Ein moralischer und frommer Mensch war er vor dem Herrn. Dachte er jedenfalls.

Und sah täglich all die schlechten Menschen um ihn herum. Und ärgerte sich darüber nicht wenig.

Und fand schliesslich, da müsse man etwas ändern.

Der Verlag

«Ich gebe mir die Ehre.»

«So so? Zu was denn geben Sie sich die Ehre, mein Herr?»

«Ich gebe mir die Ehre, Ihnen beliebt zu machen, dass ich ein moralischer Mensch bin.»

«Aha. Sehr interessant. Und, was, bitte sehr, ist denn ein moralischer Mensch? Und, wenn ich mir die Frage erlauben darf: woher haben Sie denn diese abgehobene Sprache? Sie sind ja nicht aus dem vorletzten Jahrhundert.»

«Ich habe gelesen. Viel gelesen. Über die Menschen. Über die Moral. Über die vergangenen Jahrhunderte.»

«So? Viel gelesen. Und jetzt?»

«Und jetzt habe ich geschrieben. Über die Moral. Über die Menschen. Die moralischen, und die unmoralischen.»

«Aha. Ich verstehe. Sie möchten ein Buch herausgeben? Das heisst, wir sollen ein Buch herausgeben. Ihr Buch. Über die Moral. Ist es das, was Sie wollen?»

«Ja. Und da steht geschrieben, was ein moralischer Mensch ist. Was Sie ja anscheinend auch nicht wissen.»

Hans sass ruhig da. Er hatte den Herrn Verlagsdirektor, der Herr Züst hiess, persönlich verlangt. In äusserst wichtiger Angelegenheit.

Der Herr Verlagsdirektor bat Hans, einen Moment zu warten. Und verliess den Raum.

Nach zehn Minuten erschien Herr Züst wieder. In Begleitung eines Herrn. Der stellte sich als Knobel vor. Hans Knobel. Lektor von Beruf.

Und wieder ein Hans in Hans Leben.

Nach freundlicher Begrüssung fragte Knobel Hans, was er denn mit seinem Buch über die Moral bezwecken wolle.

Da war jetzt Hans gerade ein bisschen überfordert.

«Wie meinen Sie das?»

«Wie ich es gefragt habe. Was wollen Sie mit dem Buch über die Moral bezwecken?»

Hans schaute angestrengt auf den Boden. Dann zur Decke. Dann zum Fenster hinaus.

«Ja. Also, ich habe halt geschrieben. Geschrieben, was mich beschäftigt hat. Die fehlende Moral von heutzutage. Die verlorenen Werte.»

«Ja. Das haben Sie geschrieben. Für sich. Aber, wenn wir etwas verlegen, dann nicht für uns. Oder für Sie. Nein, für die Kundschaft. Die Leserinnen und Leser. Die müssen wir erreichen. Sonst verkaufen wir ja kein einziges Buch. Wir existieren nicht zum Selbstzweck. Wir sind ein kaufmännisches Unternehmen. Und ein kulturelles natürlich auch. Aber das allein reicht nicht. Verstehen Sie, was ich meine?»

«Aber, die Anne Frank schrieb doch ein Tagebuch für sich. Und nicht für die Kunden von Buchläden. Und das ist ein Bestseller geworden.»

Jetzt musste Herr Knobel lachen.

«Guter Herr. Da geht es um etwas ganz anderes. Das ist ein Zeitdokument. Ein historisches. Das können Sie doch nicht mit Ihren Gedanken zu Moral und Gesellschaft vergleichen. Darüber haben schon genug, sagen wir einmal Befugtere, geschrieben. Und schreiben immer noch. Allerdings mit anderer Motivation und auf anderem Hintergrund als Sie.»

«Sie wollen das Buch also nicht drucken?»

«Nehmen Sie es nicht persönlich. Aber es ist unmöglich.»

«Nicht persönlich soll ich das nehmen? Wie dann?»

Hans schaute nun Knobel geradeaus ins Gesicht. In die Augen.

Knobel wich dem Blick nicht aus. Fragte sich allerdings, was mit dem Mann da los sei. Und wurde ein bisschen unruhig. Innerlich. Man konnte ja nie wissen.

Hans stand auf und verliess das Büro grusslos.

Knobel fuhr sich mit der Hand durch die angegrauten Haare.

Ob der vielleicht etwas meschugge sei?

«Kann sein. Kann gut sein. Weiss man nie so richtig bei diesen pseudofrommen Weltverbesserern. Aber ich nehme jetzt ja nicht gleich an, dass er uns den Teufel austreiben will. Obschon das ja auch zum erklärten Aufgabenbereich solcher Typen gehört.»

Züst machte eine Pause und lehnte sich nach hinten. Und fuhr weiter.

«Moral. Werte. Na ja. An sich nicht das Schlechteste, wenn sich einer damit befasst. Sich darüber Gedanken macht. Wären es nur mehr, die darüber nachdenken würden. Recht hat er ja eigentlich schon. Nur, neu ist das nicht. Schon immer gab es solche, die sich dran hielten. Und solche, die sich eben nicht dran hielten. Und heute hat es vielleicht besonders viele, die sich nicht dran halten. Bis hinauf in die höchsten Etagen von Wirtschaft und Politik. Klerus eingeschlossen. Wir haben keine Vorbilder mehr. Die hatten wir wenigstens früher noch. Wen wundert's da, wenn die Jungen keine Werte mehr kennen? Kein Benehmen? Keinen Respekt vor den Alten?»

«Sag bloss, du willst das Zeugs von dem da verlegen.»

«Vielleicht bräuchten die Menschen doch einmal etwas in der Richtung. Etwas, das sie aufrüttelt. Ihnen vor Augen führt, zu was sie verkommen sind. Ein Signal von so einem da. Einem Fanatischen von mir aus. Aber sicher Aufrichtigen.»

«Jetzt übertreib bloss nicht. Schliesslich leben wir in einer Zeit des Wohlstands. Und der Wohlfahrt. Niemand muss krepieren. Jedenfalls nicht in den westlichen Industrienationen. Und den andern helfen wir. So gut wir eben können. Wenn die sich selbst kaputtmachen, können wir auch nichts dafür. Und was die Jungen und ihr Benehmen betrifft... Da haben sich doch schon die Griechen im klassischen Altertum beschwert. Die Jungen müssen halt zuerst einmal ausprobieren, wie weit sie gehen können. Danach werden sie ganz brave Bürger. Mit Anstand und Benehmen.»

«Als ich noch jung war, machte man einer Dame im Tram Platz. Das heisst, man stand auf und überliess ihr den Sitzplatz. Einer Schwangeren erst recht. Aber heute bleiben die sitzen. Und dazu legen sie noch die Füsse auf die Sitze. Und hören aus ihrem Kopfhörer so laut Musik, dass das alle rundherum mithören müssen. Und dazu essen sie Pommes-Chips. Und den ganzen Dreck lassen sie liegen. Und wenn einer reklamiert, bekommt er Haue.»

«Habe ich doch gerade gesagt. Die fallen nicht als anständige Bürger vom Himmel. Wie du ja wohl auch nicht. Als du gefallen bist. Zur Welt gekommen, meine ich.»

So ging es noch eine gute Stunde weiter mit den beiden im Büro des Verlagsdirektors. Bis ein Knall das Streitgespräch abrupt beendete.

Ein runder Stein. Nicht so gross. Aber gross genug, dass mit einer Schnur ein Zettel daran hatte befestigt werden können. Darauf stand „Blöde Sau."

Er war durchs Fenster geflogen. Jetzt lag er vor Knobel. Auf dem Boden. Zum Glück.

Wer nun von den beiden eine blöde Sau war, war den Herren völlig wurst. Sie beschlossen auf der Stelle, sich bei einem Apéro vom Schreck zu erholen und schadloses Überleben zu feiern.

Neue Bekanntschaft

Nein. Nicht Hans hatte den Stein ins Büro des Herrn Verlagsdirektors geworfen. Eine Dame war es gewesen. Eine Autorin. Angehende Schriftstellerin. Jedenfalls träumte sie davon. Oder hatte geträumt. Im Moment träumte sie in der Frauenabteilung im Bezirksgefängis Dielsdorf von der Freiheit.

Hans besuchte sie. Nicht, weil er Erbarmen mit ihr hatte. Nein, weil er sie kennenlernen wollte.

Hans war natürlich zuerst in Verdacht geraten. Bis eindeutig klar war, dass er nicht Träger der auf dem Stein sichergestellten DNA war.

Aber durch Hans war die Polizei überhaupt auf die Idee gekommen, dass es sich beim Täter um einen abgewiesenen Einsender eines Manuskripts handeln könnte. Oder eine Einsenderin. Und tatsächlich. Bereits bei der dritten überprüften Person gab es einen Hit. So nannte die Polizei die erfolgreiche Identifikation. Eine Frau. Luise Mächler.

Die Anzeigen weiterer Verlage auf dem Platz Zürich wegen gleichartiger Vorfälle waren der Luise Mächler vorgehalten worden. Mit nichts wollte sie etwas zu tun haben. Auch die Urheberschaft des jüngsten Vorfalls bestritt sie. Bis jetzt jedenfalls. Trotz eindeutiger DNA-Zuordnung.

Man werde das nun alles überprüfen beziehungsweise im Labor untersuchen. Es gebe da noch weitere Steine. Vorläufig werde sie in Untersuchungshaft versetzt. Wegen Kollusionsgefahr. Sie könne dann in der Zelle mal ein wenig über Steine nachdenken. Sei ja auch nicht ganz ungefährlich, ihre Praxis. Man könne das durchaus als versuchte Körperverletzung qualifizieren. Mindestens. Ganz abgesehen von Sachbeschädigung. Die liege sowieso vor.

Wie gesagt, Hans besuchte die Luise Mächler. Sie hatte darum gebeten. Weil sie den Mann kennenlernen wollte, der von dem Verlag auch abgewiesen worden war.

Und Hans wollte die Frau auch kennenlernen. Wie gesagt. Er wusste eigentlich nicht, weshalb. Eine Eingebung? Oder Neugierde am Schicksal eines anderen Menschen? Einer Möchtegernschriftstellerin?

Ausnahmsweise hatte der ermittelnde Kantonspolizist die Zusammenführung unter Preisgabe der Identitäten ermöglicht. Ausnahmsweise. Müsse nicht an die grosse Glocke gehängt werden. Weil eigentlich nicht opportun.

Es sei ein ausserordentliches Entgegenkommen, dass ihm eine Besuchsbewilligung überhaupt erteilt werde, sagte der Staatsanwalt. Angesichts der noch laufenden Untersuchung. Der überdies speziellen Situation und der Tatsache, dass er die Frau nicht einmal kenne.

Hans meldete sich über eine Gegensprechanlage und wurde eingelassen. Durch eine Sicherheitsschleuse. Das ging so: nach der ersten Tür konnte er nicht weiter. Er musste im Zwischenraum warten, bis die wieder geschlossen war. Erst dann ging die zweite Tür auf.

Hans wurde nach Metallenem abgesucht. Auch nach anderem, das nicht hierher gehöre. Dann in einen Besucherraum gebracht.

Luise Mächler heisse sie. Aber er solle einfach Luise zu ihr sagen. Und *du*. Das sei einfacher.

«Müller Hans. Einfach Hans.»

Was blieb ihm anderes übrig? Obwohl ihm das nicht so passte.

«Ich weiss, dass sie dich zuerst verdächtigt haben. Erst dann sind sie auf mich gekommen. Natürlich war ich es. Aber ich gebe es nicht zu. Die sollen das selber herausfinden. Dafür sind die ja schliesslich bezahlt.»

«Wieso kamen sie denn auf dich?»

«Wegen dieser Scheiss-DNA.»

«Aha? Und die stimmt bei dir?»

«Ja. Sonst wäre ich ja nicht hier.»

«Dann verstehe ich nicht, wieso du das abstreitest.»

«Ich auch nicht. Aber ich habe es nun einmal getan. Und dabei bleibt's. Und jetzt suchen die noch weiter. Sollen die doch.»

«Was suchen sie denn weiter?»

«Ob ich noch mehr Steine geworfen habe.»

«Und, hast du?»

«Das sage ich dir doch nicht. Dich kenne ich nicht einmal.»

«Aber jetzt kennst du mich. Wieso hast du mich überhaupt kennenlernen wollen?»

«Ich wollte mal einen Verlierer sehen. Einer wie ich. Der kein Buch an den Mann bringt. Beziehungsweise an den Verlag.»

«Ich bin kein Verlierer. Ich habe einfach etwas nicht in Druck geben können. Bei einem Verlag. Aber es gibt ja noch andere.»

«Eben. Aber die anderen sind auch nicht besser. Das kannst du mir glauben. Darin habe ich Erfahrung. Und die werde ich noch alle zur Sau machen.»

Langsam wurde es Hans ein bisschen ungeheuer. Wen hatte er da vor sich?

Welche Erfahrung sie denn da habe?

«Ich habe schon drei Bücher geschrieben. Und überall vorgestellt. In fünf Verlagen. Alle auf dem Platz Zürich. Und alle wollen mich nicht. Das ist meine Erfahrung. Echt Scheisse ist das.»

«Und deshalb willst du die... wie sagst du schon wieder dazu? ... zur Sau machen? Furchtbares Wort.»

«Ja.»

«Wie denn?»

«Meinst du, das sage ich dir? Bist du ein Spitzel von der Polizei? Dass du so einen Mist fragst. Geht doch dich nichts an.»

«Ich bin kein Spitzel. Weder von der Polizei noch sonst wem. Ich bin ein einfacher Bürger. Ein gläubiger. Und ein moralischer. Und darüber schreibe ich. Über Moral und Gesellschaft. Und die Menschen. Und du? Was bist denn du?»

«Weder gläubig noch moralisch noch eine einfache Bürgerin. Ich bin ich. Und ich schreibe über mich. Über meine verschissene Jugend. Über meine verschissenen Ehemänner. Über meine verschissenen Kinder. Das genügt.»

Hans schwieg. Das tönte nicht gut. Was hatte er sich da bloss aufgehalst. Andererseits, der Frau musste doch geholfen werden. Die war in einem elenden Zustand. Genau das Richtige für ihn. Auf so etwas hatte er gewartet. Gehofft. Private Seelsorge. Ausserkirchlich. Zur Kirche ging die ja sowieso nicht. Und von hoher Herkunft war sie wohl auch nicht. Bei der Sprache.

«Schwierig. Schwierig.»

«Schwierig schwierig. Was soll das nun wieder? Was soll den schwierig sein?»

«Du. Das heisst dein Leben. Deine furchtbaren Erfahrungen. Wie lebst du denn? Ich meine, wenn du nicht gerade im Gefängnis bist.»

«Ich lebe nicht, wenn ich nicht gerade im Gefängnis bin. Ich bin zum ersten Mal in meinem Leben im Gefängnis. Und ich weiss eigentlich gar nicht, wieso. Du Komiker.»

Hans wolle doch nur wissen, ob sie allein lebe. Oder ob sie jemanden habe. Der sie zum Beispiel jetzt besuchen komme. Ihre Sachen erledige. Ihr Benötigtes bringe. Der oder die.

«Ich habe niemanden. Brauche ich auch nicht. Wobei, etwas Geld könntest du ja da lassen für mich. Damit ich Zigaretten kaufen kann. Und wenn du das nächste Mal kommst, kannst du mir Früchte bringen. Und Unterwäsche. Ist nicht jeder Tag Waschtag hier. Aber billig. Aus dem Warenhaus. Nur nichts Teures. Zahle ich dir alles zurück. Sobald ich wieder draussen bin.»

«Soso? Du meinst, ich komme ein nächstes Mal?»

«Natürlich. Wo du doch ein erstes Mal gekommen bist. Und jetzt lass mich allein. Ich muss mich ein wenig hinlegen. Bin müde.»

Das war etwas vom Skurrilsten, das Hans in seinem Leben vorgekommen war. Er konnte das gar nicht richtig einordnen. Er wollte mit jemandem darüber reden. Nein, m u s s t e . Aber mit wem?

Hans meldete sich beim Staatsanwalt. Und bekam einen Termin.

«Ich kenne ja die Frau nicht. Das heisst ich habe sie jetzt kennengelernt. Als ich sie besucht habe. Mit der stimmt irgendetwas nicht. Aber ich möchte mich um sie kümmern. Falls das gestattet ist. Ich müsste sie ja dann auch weiterhin besuchen können.»

Das sei ja wirklich sehr nett. Menschenfreundlich. Zu einer aussterbenden Spezies gehöre er wohl. Das sei ihm bis jetzt noch nicht vorgekommen. Ja. Das Gefühl habe der Staatsanwalt auch, dass bei der etwas locker sei im oberen Stübchen.

Hans sei ein gewöhnlicher Mensch. Bloss ein wenig moralischer vielleicht als der Durchschnitt. Und gläubiger. Dazu brauche es ja allerdings heutzutage auch nicht mehr viel.

Nun. Damit habe Hans vielleicht nicht ganz unrecht. Er jedenfalls wolle da gerne das Seinige beitragen. Im Rahmen der Möglichkeiten eben. Wann Hans den das Geschöpf wieder besuchen wolle.

«Kann ich einen Zettel haben, mit dem ich jederzeit gehen kann?»

Oh nein. Das gehe dann nun doch nicht.

Und so kam es, dass Hans sich jeweils beim Herrn Staatsanwalt meldete, wenn er die Luise besuchen wollte. Bei zwei weiteren Besuchen blieb es allerdings.

Danach wurde Luise Mächler aus der Haft entlassen. Nachdem ihr Täterschaft bei weiteren vier Steinwürfen zum Nachteil von Zürcher Verlagshäusern hatte nachgewiesen werden können. Aufgrund der DNA-Hits. Gott sei Dank ohne Schäden an Menschen.

Erst jetzt erfuhr Hans, dass Luise einen Anwalt hatte.

Weil man sie hier für eine Idiotin halte. Vielleicht sei sie das ja auch.

Das hätte sie ihm ja auch sagen können.

«Was? Dass ich eine Idiotin bin?»

«Nein. Dass du einen Anwalt hast.»

«Oh. Ich dachte, du bist doch so ein Schlauer. Einer von den Gebildeten. Die müssen doch wissen, dass ein Häftling einen Anwalt bekommt. Und dass ich eine Macke habe, hast du ja wohl auch bemerkt. So blöd wirst du doch nicht sein.»

Diese ungewöhnliche Offenheit überraschte Hans.

Was Hans aber noch vielmehr überraschte, war die Tatsache, dass Luise Mächler eine vermögende Frau war. Sie lebte in einer der mehreren Liegenschaften, die sich auf Zürcher Boden in ihrem Besitz befanden. Alles Mehrfamilienhäuser. Nicht an billigster Lage.

So jedenfalls erzählte sie es ihm. Und er glaubte es. Wieso sollte sie ihn anlügen?

Aber vorher hätte sie ihm das erzählen können. Nicht erst jetzt.

«Wollte ich aber nicht. Sonst wärst du mir noch davongelaufen. Eine Haubesitzerin in der Zelle. Das gibt's doch nicht. Und ich brauchte dich doch. Aber deswegen musst du jetzt ja nicht gleich davonlaufen. Irgendwie habe ich mich ein bisschen an dich gewöhnt. Ich bezahle dich auch. Falls du das brauchst.»

Das brauche Hans selbstverständlich nicht. Das sei ja schon fast eine Beleidigung.

Und, da er sich nun schon einmal darauf eingestellt hatte, war für ihn auch ihr Reichtum kein Hindernis. Vielleicht brauchte sie ihn umso mehr. In dem geistigen Zustand.

Luise die Zweite

Für Hans begann eine denkwürdige Zeit.

Den nachmittäglichen Gang mit Otti liess er sich nicht nehmen. Seine missionarischen Bemühungen setzte er dabei unbeirrt fort. Obwohl er Nutzlosigkeit konstatierte. Otti war das anschliessende Gratisessen wichtiger als die Unterweisung über moralische Regeln. Und von einem Herrgott wollte er schon gar nichts wissen. Da werde eine Schindluderei getrieben, dass es gar dem Teufel grause. Das habe schon seine Grossmutter gesagt. „Wer vom Herrgott immer spricht, durchs Himmeltor kommt sicher nicht." Heuchler seien das alle. Gingen am Sonntag zur Kirche und plagten am Montag den Nachbarn. Und den Kindern wollten sie Anstand und Gottesfurcht beibringen. Dabei hurten sie selber herum, wann immer sich Gelegenheit dazu biete. Selber erlebt habe er das. Bei seinem Vater. Dem verlogenen Halunken. Die Mutter habe sich dabei zu Tode gegrämt. Und der Vater habe ihr nicht einmal einen anständigen Grabstein gekauft. Aber immer in die Kirche rennen. Und die Kinder schlagen, wenn sie lügen.

Wenn Otti angefangen hatte, konnte er gar nicht mehr aufhören. Es kam nicht häufig vor. Aber doch hin und wieder. Und Hans wusste dann nicht, ob er böse sein sollte. Oder belustigt. Oder gekränkt. Oder alles zusammen. Oder ob ihm Otti einfach leidtun solle. Bei den Erlebnissen, die er anscheinend mit seinem Vater gehabt hatte.

Und dann erinnerte sich Hans an seinen eigenen Vater. Und fand gar viele Ähnlichkeiten mit Ottis.

Aber er hatte ja nun noch Luise. Er wollte sie unbedingt in ein besseres Leben führen. Ein erfüllteres. Zufriedeneres. Moralischeres. Gottesfürchtigeres.

Bald stellte er fest, dass er da auch nicht an der richtigen Adresse war.

«Moral? Dass ich nicht lache. Von so etwas hat mir der Pfarrer nach der ersten Scheidung erzählt. Und ein Jahr später ging er mit der Lehrerin seines jüngsten Sohnes. Dorfgespräch war das. Und beste Unterhaltung für den Stammtisch. Und die Frau Pfarrer hat von einem Tag auf den anderen weisse Haare bekommen. Und ich musste abhauen aus dem Dorf nach der Scheidung. Sonst hätten die mich noch gesteinigt. Die falschen Hunde. Was mit der Frau Pfarrer passiert ist, weiss ich nicht.»

Ob sie da nicht ein bisschen übertreibe?

Nein. Keine Übertreibung. Die Geschichte ging weiter.

«Eigentlich bin ich die Tochter des Gemeindepräsidenten. Ein ausereheliches Produkt. Ein Bauer war mein Vater. Hat viel Bauland verkauft und wurde Millionär. Hat zusammen mit dem Gemeindeschreiber gegaunert. Da war plötzlich alles Bauland. Hat mir der Ruedi gesagt. Ist mir egal. Ich habe auch was davon. Von dem Bauern, meine ich. Was mir heute gehört, habe ich von dem geerbt. Seine Gofen wollten mir das nicht überlassen. Der eine bekam einen Hof im Thurgau. Der andere eine Unterhosenfabrik im Glarnerland. Und der dritte hat studiert und ist Professor geworden. Der hat einfach Geld bekommen. Weil er die Häuser nicht wollte. Die habe eben ich jetzt. Und der Professor hat mir geholfen. Der einzige anständige Mensch in diesem Sauhaufen. Der hat gesagt, ich sei genau gleich erbberechtigt wie die andern auch. Ohne Unterschied. Eigentlich müsste ich noch mehr bekommen. Da ich es als auserehelicher Gof nicht so schön gehabt habe wie sie als richtige Gofen.

Eben, der Ruedi. Das war mein Erster. Den habe ich im Konfirmandenunterricht kennengelernt. Der war immer nett zu mir. Auch wenn ich keinen Vater hatte. Meine Mutter war mit mir in ein anderes Dorf gezogen. Sie war Serviertochter im Bahnhöfli. Die hat vielleicht die Menschen kennengelernt. Das kann ich dir sagen. Die hat immer gesagt „Pass auf. Lass dich nicht über den Tisch ziehen. Und geh nicht gleich mit jedem ins Bett. Die haben alle immer nur eines im Kopf. Und nachher werfen sie dich weg. Wie einen Hundschegel." Das hat die gesagt. Und recht hat sie gehabt.

Also, weil der Ruedi so nett zu mir war, ging ich mit ihm ins Bett. Schon vor der Konfirmation. Aber ein Kind gab's erst, als ich achtzehn war. Und als wir zwanzig waren, haben wir geheiratet. Der Ruedi hat Maler gelernt. Ich Verkäuferin. Beim Dorfbeck. Das Kind war in der Zeit bei den Eltern von Ruedi. Der Ruedi war schon recht. Wenn er nur nicht gesoffen hätte. Das komme von den vielen Dämpfen bei der Arbeit, sagte er. Das gebe Durst. Das hielt ich nicht mehr aus. Drum bin ich gegangen.

Der Zweite war der Ewald. Ein Bäckermeister. Zwanzig Jahre älter als ich. Der war aus dem Dorf, in dem mein Vater lebte. Er hatte die Bäckerei meines Lehrmeisters übernommen. Ich wusste bis dahin nicht, wer mein Vater war. Die Mutter hat es mir nie gesagt. Der Ewald hat mir gesagt, wer mein Vater sei. Und wenn ich ein Tüchtiges sei, könne ich bei ihm arbeiten. Oder auch grad seine Frau werden. Er nehme mich schon. Samt Kind. Und wie er mich genommen hat. Jeden Abend. Sobald Ursli im Bett war. Am liebsten gleich in der Backstube. Oder auf dem Stubenboden. Es wurde mir zu viel. Und ihm zu wenig. So ging er fremd. Und ich weg. Schon nach einem Jahr. Und der Ursli hat halt keine Nussgipfel zum Znüni mehr bekommen. Und ich kein Geld. Weil ich für Ursli Alimente von seinem Vater bekomme und noch jung sei und selber arbeiten könne. Und so lange hätte ich es nun auch nicht ausgehalten bei dem Bäckermeister. Hat der Richter gesagt. Und laut in sein grosses kariertes Nastuch geschnäuzt. Das vergesse ich nie.

Der Dritte hiess Guschti. Und sein Sohn Guschteli. Und seine Tochter Rägeli. Das seien s e i n e Kinder. Hat er gesagt. Einer depressiven Alkoholikerin und Spinnerin im Quadrat überlasse er seine Kinder nicht. Das könne er nicht verantworten. Lieber stelle er eine Hausangestellte und Kinderfrau an. Die könne er sich problemlos leisten. Als Garagist. Und der Sohn könne die Garage übernehmen. Und die Tochter etwas Anständiges lernen. So gehe das.

Die Richter haben zugehört und genickt. Und mich gefragt, weshalb ich denn so viel trinke. Ich habe gesagt, das gehe sie einen Scheissdreck an. Und mit seinen Gofen soll der Tubel von mir aus selig werden. Die habe ich sowieso nicht gewollt. Die habe er mir angehängt. Als er mich vergewaltigt habe. Beide. Und vergewaltigt habe er mich noch viel mehr. Wenn das jedes Mal einen Gof gegeben hätte, könnten wir ein Kinderheim auftun. Aufgehört habe er damit erst, als ich ihm eine Schnapsflasche über die Rübe gehauen habe. So gehe das.

Ob ich das zu Protokoll haben wolle? Das sei aber heikel. Wenn das nicht wahr sei. Ich könne ja nicht einfach jemanden beschuldigen.

Ich habe gesagt, sie sollen machen, was sie wollen. Und mich in Ruhe lassen.

Sie haben mich in Ruhe gelassen. Und mein Anwalt hat zwölfhundert Franken bekommen. Für die Ruhe. Vom Gericht. Ich hatte ja kein Geld. Woher auch? Nicht einmal Sackgeld hat mir der Tubel gegeben.

Und dann war ich allein. Ursli war schon lange bei Ruedi. Der hat das mit meinen anderen Männern nicht ausgehalten. Und mit mir auch nicht mehr.

So. Jetzt weisst du Bescheid.

Drei Männer in meinem Leben. Nein vier. Der Vater ein Bauer, den ich nie im Leben gesehen habe. Der erste ein Maler. Ein Lieber. Aber ein Süffel. Der zweite Bäckermeister und Gemeinderat. Und Weiberheld. Der dritte Garagist und Moralist und Vergewaltiger. Seine Gofen habe ich nie mehr gesehen, seit ich ihn verlassen habe. Ich weiss nicht, was die machen. Interessiert mich auch nicht. Nicht mehr.

Ich habe gelitten. Ich war allein. Hatte niemanden. Meine Mutter starb, als ich zweiundzwanzig war. Krebs.

Und Ursli ist auch tot. Unfall in der Rekrutenschule.

Ich habe gelernt, wie falsch die Pfaffen sind. Wie falsch überhaupt die Menschen sind. Aussen top, innen Flop. Reden daher und lassen die Sau raus, wenn's niemand sieht.

Moral? Dass ich nicht lache.

Der einzige anständige Mann in meinem Leben war der Professor. Der hat dafür gesorgt, dass ich meine Erbschaft bekomme. Mein Halbbruder. Ich sehe ihn einmal im Jahr. Zu Weihnachten. Da gehen wir zusammen essen. Er lebt auch allein.

Schluss

Ein Jahr später waren Hans und Luise ein Paar. Ein Ehepaar.

Nie würde sie ihre Häuser aufgeben. Hatte sie ihm gesagt, als er ihr von seiner Trennung von Vermögen und Geschäft erzählt hatte. Das sei ja bescheuert. Und helfe niemandem.

Und Hans hatte sich in der Firma wieder als echter Teilhaber etabliert. Dirk war zwar überrascht. Aber auch erfreut. Es war ihm recht so. Er hatte seinen Vater sowieso nie verstanden. S e i n e n Vater, wie er ihn ausdrücklich bezeichnete, ehrte und liebte.

Hans ging zur Kirche. Jeden Sonntag. Allein.

Luise machte in der Zeit Mittagessen.

Und Dirk hatte sich Frühaufstehen am Sonntag angewöhnt. Seinem Vater und Luise zuliebe. Und kam jeden Sonntagmittag. Zusammen mit Hans. Oder John, wie er sich nannte und genannt sein wollte.

Dirk mochte Luise. Nein, er liebte sie. Seit sie gesagt hatte, wenn es auf der Welt nur Schwule gäbe, hätte man einige Sorgen weniger.

Ja, hatte Hans geantwortet. Und bald keine mehr. Weil keine Menschen mehr. Wäre vielleicht auch nicht das Schlechteste.

Denn, wie hat Koestler so schön gesagt? - Der Mensch ist ein Irrläufer der Evolution.

Mit anderen Worten: er ist mit seinem Hirn überfordert und deshalb pathologisch destruktiv und paranoid veranlagt.

****

Anmerkungen

1. Die Geschichte ist frei erfunden.
2. Die Namen sind erfunden. Eine Ähnlichkeit mit Lebenden

oder Toten wäre rein zufällig.

FSC
www.fsc.org
MIX
Papier | Fördert
gute Waldnutzung
FSC® C083411

Zeitfracht Medien GmbH
Ferdinand-Jühlke-Straße 7
99095 Erfurt, Deutschland
produktsicherheit@kolibri360.de